有爱的青春陪伴者

一个适合聊天的下午

袁与年 / 著

江苏凤凰文艺出版社

图书在版编目(CIP)数据

一个适合聊天的下午 / 袁与年著. -- 南京：江苏凤凰文艺出版社，2023.10
ISBN 978-7-5594-7888-7

Ⅰ.①一… Ⅱ.①袁… Ⅲ.①长篇小说－中国－当代 Ⅳ.①I247.5

中国国家版本馆CIP数据核字(2023)第140045号

一个适合聊天的下午
袁与年 著

责任编辑	王昕宁
特约编辑	廖唯佳　雪　人
出版发行	江苏凤凰文艺出版社
	南京市中央路165号，邮编：210009
网　　址	http://www.jswenyi.com
印　　刷	长沙鸿发印务实业有限公司
开　　本	880mm×1230mm　1/32
印　　张	9
字　　数	202千字
版　　次	2023年10月第1版
印　　次	2023年10月第1次印刷
书　　号	ISBN 978-7-5594-7888-7
定　　价	42.80元

江苏凤凰文艺出版社图书凡印刷、装订错误，可向出版社调换，联系电话025-83280257

目 录

Chapter 01 · 好久不见 /001
分手的第一千天，重逢的第一天

Chapter 02 · 第二杯免费 /017
没人跟你一起喝？

Chapter 03 · 欲盖弥彰 /037
一点不知所措，一点茫然

Chapter 04 · "我的" /064
举世只有一枝的玫瑰

Chapter 05 · 有点想你 /090
你真的不愿意回来了吗？

目录

Chapter 06・回忆 /113
爱情不是人生的全部

Chapter 07・告别 /140
叫一声她的名字,是开始,也是结束

番外一・新的起点 /148
能不能回头看我一眼

番外二・来路归途 /202
他们,不会结束

番外三・笨蛋海鸥 /259
为她乘风,同她破浪

番外四・承诺一生 /271
请保佑他爱的姑娘永远幸福快乐

Chapter 01 / 好久不见

分手的第一千天，重逢的第一天

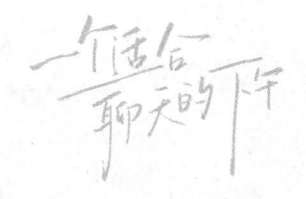

一个适合
聊天的下午

1
每天早上九点,向悠的手机都会齐刷刷蹦出一串提醒。

分别是手机软件"日程""提醒事项"和"倒数日",也不知是什么时候设定的,把提醒时间都定在了九点。

向悠也懒得去改,只知道每天早上手机"噼里啪啦"一顿响的时候,就是九点整。

虽然知道大概会提醒些什么内容,但向悠还是举起手机看了一眼。弹窗一个覆盖一个,最后弹出来的反而赢得了胜利,长久地驻扎在屏幕最上方——

"分开 1 已经 1000 天"。

一千天了啊。

看起来怪唬人的数字。

和上万天的人生相比,确实不算太长。

但怎么也算不上短,至少足够她淡忘一个人。

向悠一共谈过两段恋爱。

谈第一段的时候,她刚好换了这个手机,顺手记录了在一起和分开的时间。而后每次换手机都整机数据转移，这些记录也就一直留下来了。

其实只是记录一下，没想到一千天时，软件倒把它当成了什么重要的事，还煞有介事地提醒她。

向悠点开软件看了一下，大概还有六百多天，就能收到"分开 2 已经 1000 天"的提醒。

想来单身也快一年了。

今天被提醒的"分开 1"，指的是孟鸥。除了分开的这条记录，还有在一起的记录。

上面清楚地写着：和 1 在一起共 1499 天。

每每看到这个记录，她都很后悔没有迟一天提分手，尤其在一千天的当口，这个数字令她的强迫症又犯了。

但那都不重要了。

向悠退回主界面，看了眼今天要做的任务，打开了书本。

今天是周日，不上班，所以任务很少，都是她给自己设定的学习计划。

宇宙的尽头是考公，每在公司多受一份气，她回去都要多背十道题。

这是她"二战"了。在职虽然少了点经济压力，知晓退路就在自己手上，但也少了很多破釜沉舟的动力。

可是，她不敢赌。

对于人生，她喜欢求稳。

对于爱情也差不多。

做完最后一道题的时候，已经是下午两点。

脑子里全是各种刁钻的逻辑题，向悠摇摇头，想把它们暂

003

时清退一下，还自己一份好心情。

她打开窗帘，今天的天气不错，阳光被密云遮去了大半，不冷不热，很适合出门散心。

那就出门逛逛吧。

向悠没化妆，戴了顶棒球帽，一身松垮的白布裙，享受着自己像条孤魂一样在街上游荡的样子。

她喜欢把自己隐起来，然后观察人。说得好像挺高端，其实只是放空自己的一个方式。

比如看他们迥异的表情，推测他们的心情。

比如偶尔路过时，被迫偷听两句对话，自己填补前因后果。

而那些被众人所围观的，譬如吵架现场、打架现场、车祸现场……由于太过激烈，她反而不爱去看。

本该是一个热闹的周日，但大家的神态好像都很疲乏。或许一周的疲惫，本就不是这一两日能消解的。

耳边突然传来"嘿"的一声，吓了她一跳。

她扭头看去，面前站了一个男生。

刘海挡住了他一半眼睛，他笑得有几分拘谨："我观察你很久了……可以交换下联系方式，做个朋友吗？"

"啊。"向悠习惯性地应了一句。

"可以吗？"男生鼓起勇气又问。

"可以什么？"向悠不解。

她的注意力，全部被第一句话带走了——

"我观察你很久了"。

这是种很微妙的感觉。

当她在观察别人的时候，别人也在悄无声息地观察她。

你站在桥上看风景，
看风景的人在桥上看你。
明月装饰了你的窗子，
你装饰了别人的梦。

向悠的脑中突然冒出了这首诗，并在心底默默背了一遍。

也就在这时候，她看见男生的嘴在动，可她完全没留意男生在说什么，全身心在自己脑中默背的那首诗上。

最后一个字背完，她听见男生又问了一句："可以吗？"

可以什么？

她很想问出口，但第二次再问，就显得很不礼貌了。

她真的是一个很容易分心的人，随时随地。

以前老师就常说，她要是专心一点，考上Top2都没问题。

而孟鸥则会捧着她的脸说："下一分钟你分给我，不许想别的。"

孟鸥？

向悠抬头看了眼男生，对方肯定不是在说孟鸥的事。

所以她又分心了。

男生显得很沮丧，苦笑着说了声"好吧"，转身离开了。

向悠对此感到抱歉，不过料想应该不是什么很紧要的事，错过就错过吧，她的人生因为分心已经错过太多了。

但偶尔她集中注意力，就发现有些事还不如分心错过，省得还得分出点脑容量，多记一件糟心事。

向悠继续往前走。

这是条寻常的商业街，街边行人如织，商铺林立。

鼻腔里忽然传来咖啡的香味，想来点奶咖的人应该很多，奶香和咖啡香不相上下。

向悠顺势扭头看去，这好像是最近新开的咖啡店，她在网上刷到过广告。

虽然她对营销总有点排斥，但这浓郁的咖啡香，还是令她不由自主步入了咖啡店。

门上挂了串风铃，随着她推门的动作"丁零"作响。

咖啡师闻声从柜台后抬起头，冲她笑了一下："欢迎光临'BAILA'，想喝点什么？"

向悠仰头，木制牌匾上的菜单五花八门，她看得眼花又心烦，仿佛在看考公题里的逻辑推理。

"一杯拿铁咖啡，谢谢。"她一个品名也没记住，随口道。

"您是要厚乳拿铁呢，还是抹茶拿铁呢，或者试试新出的生椰脆啵啵榛果巧克力碎拿……"

向悠听得有些头晕："抱歉，最普通的那种就好。"

"好的，您稍等。"咖啡师笑得稍显尴尬，给她递了块牌子。

回头往座位走的路上，她听见咖啡师和同事低声无奈道："这个新品什么时候能推出去啊……"

"扑哧！"向悠没忍住笑出了声，大抵是同属于打工人的苦笑。

身边座位上的顾客抬头看了她一眼，她自觉尴尬，一路小跑在最角落落了座。

拿铁很快被呈上，上面有着漂亮的叶形拉花，香味浓郁。

向悠低头趁热抿了一小口，好喝是好喝的，可惜有点贵，将近五十元一杯。

她放下咖啡杯抬头，感觉唇上黏上了奶泡，她正准备舔干净，耳边忽然传来了风铃声。

很不幸,她在这时候分心了。

她闻声望向门口,有个男人走进来。

用"男人"来指代显得太陌生,因为这个人她认识。

所以准确来说,孟鸥走了进来。

孟鸥?

"叮!"

今晨的手机提示音在她脑中重播。

分手的第一千天。

也是他们重逢的第一天。

2

童年时的朋友总是一阵一个样,常常一个暑假没见,回归校园时就变得判若两人。

而成年后,这种变化被逐渐拉长时间。

大一和大四是两个样,研一和研三是两个样,刚进社会和被社会毒打一段时间后又是两个样。

向悠和孟鸥刚分手时,对方处于刚进社会的阶段。

而现在,他被社会毒打了一段时间,意外的是,变化不大。

很干净的一张脸,没蓄胡子,露出光洁的额头。眉压眼,深眼窝,让他不笑的时候,看起来总是有几分桀骜。没想到被社会的大棒敲打了一阵,还没敲下他的气焰。

但同样的,这双眼专注地盯人时,让向悠总想起童年时爱坐的封闭式滑滑梯。

"咕噜噜!"打着旋儿就掉进了他的眼睛里。

花了以年为单位的时间才爬上来。

正值早春,孟鸥穿了件黑色的长风衣,没扣扣子,露出里面的黑色衬衫。裤子和鞋子也是黑色，再加上一米八五的个头，站得笔管条直，他像是一根黑色的棍儿，杵在了咖啡店里。

孟鸥不太擅长打扮，心思也不在这上面。向悠见过他的衣柜，一溜的黑白灰，按色彩深浅摆着，倒是看着挺治愈强迫症的。

他知道穿搭不应超过三个颜色，但好像不太知道，浑身一个颜色也有点奇怪，所以他常常穿一身黑。

向悠有时候会笑他，说他穿得像个"黑社会"成员。

往往这时，孟鸥就会盯着向悠看几秒，给出个一针见血的反击。

比如说她穿得像个"回忆幼儿园生活的高考落榜生"，像个"被客户为难后在下班时间前去复仇的喋血社畜"，像个"一年四季都在过植树节的环保大使"。

按照她不同的穿搭，每次给出不一样的评价。

孟鸥嘴很毒，向悠常常说不过他。

但是，向悠喜欢和他斗嘴，喜欢在怎么都说不过他后开始耍赖。

反正她嘴一瘪就能盈出满眶的泪，惹得孟鸥手足无措，抱着她道："你是'喋血社畜'，我就是帮你善后并且顶罪的那个。为你坐了十年牢，前脚刚迈出监狱，看见你又解决了一个客户，后脚给自己续了十年。"

没有这么哄人的，但他总能说得向悠笑个不停。

反正哄人的目的就是让人开心，那孟鸥成功了。

向悠低头看了眼自己，很普通的白色棉布裙子，是她大一在学校附近的夜市买的。虽然款式老土，但是面料很舒服，适合每一个不想交际的日子。

但是好像不适合见前任。

不过无所谓了,都一千天了,她真的没什么感觉了。

想是这么想的,但向悠还是忍不住将棒球帽盖回了脑袋上。

怎么说的来着?

孟鸥之前不知道在哪里看了个段子,说室内戴帽子是"别烦我"的意思。所以每次向悠嫌弃他的时候,都会把帽子一扣。

有时候没戴帽子,衣服上也没有,她就会摊开五指放在头顶上,假装戴了顶帽子。

然后孟鸥就问她是不是想让他被嘲笑。

向悠本来不想理他,但这句实在引起了她的好奇心,所以她忍不住问为什么。

"因为,和傻子谈恋爱。"

他又拐弯抹角地骂她。

向悠气死了。

她干脆一反手,把原本盖着脑袋的那只手,"啪"一下打在他嘴上。

孟鸥装委屈:"就仗着你打人不犯法是吧。"

声音被她蒙了一层,听得有几分含混。

而她的手心,也被他的嘴唇碾得湿漉漉的。

…………

帽子一扣,果然感觉自在了不少,向悠将手从帽舌放下,视野开阔了几分。

于是在这开阔的视野里,她和那根黑色的"棍儿"对上了眼。

一千天后的重逢,多有仪式感的事儿。放在电视剧里,怎么也得配上个BGM(背景音乐),三百六十度近景远景至少展示一分钟。

但眼前的情况,让她来不及假装自己是电视剧的女主角。

向悠有点尴尬，放一半的手又举了回去，把帽舌往下压了压。视野随之压低，孟鸥的眼睛消失了，最上面变成了他含笑的嘴。

又笑她。

王八蛋孟鸥。

向悠在心里骂了一句，低头看着自己面前的咖啡。还剩大半杯，一口气灌完不太现实。

对个眼就跑路，未免显得她太狼狈。

而且，这真不是什么大事。前任而已，谁没几个前任了，他只是刚巧来喝杯咖啡，又不是"一根随时准备来刺杀她的黑色棍刀"。

向悠尝试着用他的口吻造了个句，总觉得没那个味道。

脑子里的想法乌泱泱过去了一大片，耳畔传来一阵由远及近的脚步声。

"咚"一声，一杯奇形怪状的东西摆在了她面前。

所以，两个人一千天后的第一次重逢。开场白不是"好久不见"，不是"真巧"，不是"你最近好吗"。

而是——

向悠望着它，发自内心道："你点了杯什么？"

"生椰脆啵啵榛果巧克力碎拿铁。"

"扑哧！"向悠又一次笑了。

那位咖啡师终于推销出去了这杯奇葩饮品。

真好。

3

孟鸥不请自来地坐在了向悠对面，懒洋洋地靠在椅子上，一副打算久坐的模样。

他不尴尬,向悠尴尬。

她扫了圈咖啡店:"为什么要坐这里,别的地方不是有位置吗?"

孟鸥正将不锈钢吸管放进杯里,低着头道:"你都看我了,不坐过来显得不给你面子。"

他这副自然的语气,好像两人不是快三年没见,而是三天没见。

向悠刚想说自己没看他,结果面前被丢来一张纸。

孟鸥将一堆乱七八糟的混合物搅了搅:"顺便过来提醒你,等会儿别就这样出门,有点丢脸。"

"哪样?"向悠不解。

孟鸥一抬手,修长的食指在唇上点了下:"擦擦。"

向悠脑子里"嘭"的一声,她本来是想把它舔掉的,但那时候分了心,然后就忘记了。

"谢谢。"她用力在嘴上抹了一下,说得毫无谢意。

这名字长到只有孟鸥能记住的饮品,装在一只高高的玻璃杯里,被他搅和后,呈现一种一言难尽的状态。

向悠越看越觉得嫌弃,结果下一秒,它被推到了自己面前。

"尝尝。"孟鸥道。

"我不要。"向悠打心眼里嫌弃。

"你眼睛都快掉杯子里了。"孟鸥语带笑意。

就这杯乱七八糟的东西,真喝出一只眼球来也不稀奇。

向悠摇摇头:"我就看看。"

"真不要?"孟鸥屈指,轻敲了两下杯壁。

大抵是他的话有什么魔力,向悠盯着它,原本坚决的态度居然发生了一丝变化。

人可能就是贱得慌,见到好东西想要试一试,见到坏东西,也想体验一下到底有多坏。

"……一口。"向悠说着,将杯子朝自己拿近了些。

她听见孟鸥在对面笑。

笑就笑吧,这家伙的笑点低到令人发指。

杯子里的吸管只有一根,虽然孟鸥还没喝,但这到底是他的吸管。

向悠想了想,站起身:"我去服务台要根吸管。"

孟鸥意味不明地撇撇嘴,权当是回应。

咖啡师爽快地给了她一根吸管,向悠抓着它往回走,从这个角度,刚好能看见孟鸥的背影。

他坐得没个正形,肩胛骨抵在椅背上,肩膀一高一低,脑袋也歪着,像在思考什么。估摸着他也不是在想什么正事,大概又在编打油诗。

桌子对他来说矮了些,一双长腿没地儿放,很委屈地支在外面,让向悠很想一脚踹过去——

这个想法是不对的。

这是情侣间才能有的亲密动作。

只是本能和惯性这种东西,就像学过的骑车和游泳一样,哪怕太久没练习,你以为你忘了,其实一早形成了肌肉记忆。

所以,向悠忍得很辛苦,才端端正正地坐回了自己的位置。

孟鸥见状也坐直了些,目光炯炯地盯着她看。

向悠低头避开他的目光,将吸管丢进杯子里。

不锈钢和玻璃相碰撞,发出清脆的"当"声。

向悠犹豫着凑近吸管,鼓起勇气吸了一口。

其实不算难喝,就是生椰拿铁的味道,间或能吃到巧克力碎和榛果碎,脆啵啵是唯一的败笔,它更适合出现在奶茶里。

"怎么样?"孟鸥眼含期待。

"只有你这种奇葩才会点。"向悠口是心非道。

她将杯子推回去,顺便抽出了自己的吸管。

"这不是好奇嘛。"孟鸥拿回杯子,自己吸了一大口,"也还行吧,没那么难喝啊。"

向悠没理他,她又分心了,专注地盯着自己拿出来的吸管。

桌上空荡荡的,只有一盆绿植,和彼此的两杯咖啡。玻璃桌面很干净,而她拿出来的吸管上还沾着咖啡和巧克力碎,看起来脏兮兮的。

她大可以就这么直接放在桌上,回头让人收拾。但望着这光可鉴人的桌面,她莫名舍不得眼睁睁地弄脏它。

她正犹豫着,吸管被人拿走了。

熟悉的"当"声响起,向悠抬头,看见吸管又放在了孟鸥的杯子里,和他的吸管呈现"×"形的交叉,中间一截贴在一起。

"我不喝了。"向悠说。

"嗯,你不是没地方放吗?"孟鸥说得稀松平常。

桌面不用被弄脏了,向悠松了一口气——却又提起更紧的一口。

两人陷入了短暂的沉默之中,向悠有点尴尬,孟鸥倒一直很自在。这杯饮品似乎很对他的胃口,他专心致志地喝着,液面瞬间降下了三分之一。

杯口不算宽,当他低头饮用时,高高的鼻尖总是时有时无地蹭过闲置的那根吸管。

向悠莫名地觉得鼻子有点痒,摸了摸自己的鼻头。

"你怎么突然来昌瑞了？"最终还是向悠打破了沉默。

"嗯？"孟鸥回过神来，抬眼看向她，"我来这里出差，明天就回去。工作提前完成了，就想着下午出来逛一逛。"

昌瑞很大，地铁都有十几条。

两个人于分手一千天后在同一家咖啡店相遇，这样的概率是多少？

向悠兀自想着，都忘了给他回句话。

孟鸥盯着她发呆的样子，觉得她今天穿得很像是"祭坛边上成天无所事事的神女"，但他没说出口。

他说出口的是这句："去年年底的同学聚会你怎么没去？"

"啊。"向悠被惊得打了个寒战，眼睛好像"唰"地亮了起来，"工作太忙了。"

每到年末，都是审计人的噩梦。

"你怎么不和黄禹说清楚，搞得他觉得是你不想看见我才没去，让我'滚回去'，把你换过来。"孟鸥看起来很委屈。

黄禹是他们高中时的班长，曾喜欢过向悠。

彼时她和孟鸥还没在一起，后来孟鸥说，两个人那时已经处于暧昧阶段，但向悠觉得他们只是同学加好朋友而已。

黄禹是个高高壮壮的阳光黑皮肤男生，性格很爽快，酷爱打篮球。

而向悠讨厌男生打篮球，准确来说，是讨厌他们打完球后身上的汗味。

那种味道只要被熏过一次就会铭记终生，搞得她以后每每看到书上描写男主角打篮球的帅气模样，都会皱着眉头拼命翻页。唯恐速度慢一点，男主角就会从"高岭之花"变得臭气熏天。

但是她没和任何人说过这一点，毕竟不太礼貌，所以黄禹不知道，还总爱在她面前表现。

某次他在校篮球赛夺了冠，兴致勃勃地过来找她，高举着奖牌，说要把它送给她。

向悠被熏得脑袋"嗡嗡"响，屏息说了句抱歉，扭头逃回了班里。

她不知道的是，黄禹一早告诉了所有朋友，他要在夺冠后把奖牌送给她。这话一传十十传百，不知怎的，就变成全班同学都知道了。

于是等她回到教室，听到了一阵几欲掀破屋顶的起哄声。

向悠不知所措地站在门口，双眼茫然地看去，在一丛丛笑脸中，看见孟鸥独一个坐在座位上，脸臭到不行。

当天下午的体育课，从不打篮球的孟鸥，突然宣布他要和黄禹一对一比一场。

可惜那时候，向悠折去小卖部买了一瓶水，等她回来时，比赛已经结束了。

孟鸥赢了，但向悠没看到。

她只看到孟鸥很拽地走到她面前，大马金刀地往她旁边一坐，不由分说夺过她手里刚买的冰水，仰头"咕噜噜"喝下半瓶，抹了下唇边的水渍，对她笑了一下。

向悠很难过，因为她口很渴，刚买的水一口没喝就被抢了。

而且往日里总是很好闻的孟鸥，突然变得满身汗味。

孟鸥见她情绪不对，笑容僵在脸上，他犹豫了一下，将还剩一半的矿泉水还给她。

被一个满身汗味的人喝过的水，肯定是不能再要的了。

向悠委屈到不行，从来没开口嫌弃过人的她，接过水瓶丢到他身上，带着哭腔说了句"你好难闻"，就气鼓鼓地跑远了。

后来她听说，孟鸥哭了。

弓着背捂着脸，撕心裂肺地哀号着。

不过这只是传言，也不知道有几分可信。

反正在一起的这些年，向悠从没看过他哭得那么厉害。

她只知道，从此孟鸥对篮球退避三舍，连篮球背心和篮球鞋都不肯穿。

"黄禹他，还打篮球吗？"向悠好奇道。

孟鸥不置可否地扯了下嘴角："横向发展了，估计难。"

"噗！"向悠忍不住笑了。

是不是男人一进社会就会被注射"膨大剂"，每每她看朋友圈，从前苗条清秀的小伙儿，工作了没两年，就"胖"若两人。

奇了怪了，孟鸥被漏打了吗？

"那你还喜欢'乔里'吗？"孟鸥问。

这个"乔里"，是当初向悠为了气他，故意说自己喜欢篮球，结果把乔丹和库里的名字给记混了。

向悠剜了他一眼，梗着脖子道："喜欢啊。"

孟鸥哼笑了一声："哟，还挺长情。"

长情吗？

什么样的人算长情？

一场恋爱谈四年多算长情吗，最后不也还是分了、忘了。

忘了吗？

向悠盯着他看。

更准确来说，是想透过他，盯着自己看。

"在看什么？"孟鸥问她。

"在看你。"她的嘴巴比脑子快一步，把答案坦白了。

Chapter 02 / 第二杯免费
没人跟你一起喝?

一个适合
聊天的下午

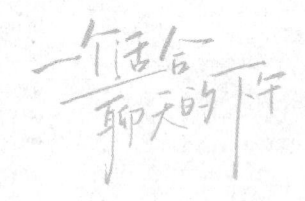

1

换作从前的孟鸥，一定会很自恋地对着她笑，说上一句"看我好看啊"。

他确实好看，眼鼻嘴都长得可周正，挑不出毛病。

但同时他性子太讨厌，有点贱兮兮的，不会好好利用这张脸，让人可惜这副五官长错了人。

以前上学时喜欢他的姑娘不少，他吊儿郎当地往走廊上一杵，便能引来众多目光。

他要是看到有人看他，他就对着那人笑，笑到那人觉得自己看到了个变态，首先打退堂鼓跑了。

至于那些没被吓跑的姑娘，捧着一颗少女心，惴惴不安地前去搭讪，只能换来一句鬼扯。

比如"我妈给我算过命了，我不能分心，不然会考不上大学的"，又比如"我夜观天象，你命中必有一劫，和我搭讪已经挡了灾，我就好人做到底，别再往你身边凑给你添堵了"。

神神道道的,让姑娘们怀疑自己看上了个神算子。

再后来,到了他口中所谓的"和向悠的暧昧期",又有姑娘和他搭讪,他便换了个风格:

"我和向悠打了赌,高考前不能分心,谁输了谁要给对方一千块。"

他用这个借口挡了一批人,而话中的主角之一向悠,根本被蒙在鼓里。

有些姑娘不死心,干脆怂恿自己的异性朋友,让对方去试探向悠。搞得向悠有段时间走在路上经常被男生搭讪,她自己都不明白是怎么回事。

等到她搞清楚真相,气得不轻。

那些姑娘和她无冤无仇,居然想让她平白无故损失掉一千块!

至于罪魁祸首孟鸥,一早便被她揍了一顿。

她"噼里啪啦"在他身上擂了个鼓,少年一边被打一边傻乐,等她打累了,突然长臂一伸,给她制住了。

向悠脑子蒙蒙的,被迫离得他很近,几乎要抵在他心口,听见他有力的心跳声。

"给我揉揉,我就不去告状。"孟鸥熟练地耍无赖。

告什么状啊,谁告状啊。

他是不是搞错主客了?

但是,很奇怪。

她居然一点也不想挣开。

讨厌鬼身上很好闻,是清新的肥皂香气。身体还热乎乎的,长臂松垮地铟着她的手,像是本来想锁住她,但又矛盾地留了一手。

等她后退几步跟孟鸥拉开距离,她惊讶地发现,孟鸥耳朵

019

根红了。

这个一天到晚吊儿郎当、说话不把门的家伙,居然还会害羞。

可能是她盯着他耳朵根盯得太专注,被孟鸥发现了,他把头一别,结果又露出了另一侧同样红彤彤的耳朵。

向悠乐了,笑个不停。

孟鸥恼羞成怒,干脆用自己的胸膛挡住了她的眼睛,这次没留一手,锁她锁得极紧。

灼烧的热气透过薄薄的衣衫,也在熏着她的脸。

等他松开手时,两个人的脸都红了。

既然都害羞了,就也不存在谁笑谁了,彼此僵硬地转身,大路朝天各走一边。

一路走出空荡荡的体育馆,在凉爽的夜风下,向悠忍不住搓了搓自己热乎乎的脸。

她一扭头,看见在数米外,从另一个门出来的孟鸥,也在搓着自己的脸。

不过现在的孟鸥,已经不会那样回答她了,他不置可否地一抿唇,"哦"了一声。

向悠莫名有点不痛快:"你'哦'什么?"

"给你看也不行啊。"孟鸥一抬手,把她脑袋上的棒球帽揭下来,"啪"一声严严实实盖住了自己的脸,"那不给你看了。"

没了帽檐的遮挡,世界一下子亮了起来,免去了对视的压力,也让她能更自如地盯着他看。

眼前的画面似乎有些熟悉。

孟鸥之前也像这样,用帽子盖住过自己的脸。

那是他们在一起之后的事。

某天向悠和朋友一起逛街时,突然被车撞了。其实就是拐弯时剐蹭了一下,车的速度不快,但以防万一,向悠还是去医院检查了一下。

朋友给孟鸥打了通电话,告诉了他这件事。

只是一点皮外伤,涂了点药水就好,结果等向悠出来,在走廊上撞见通红的一双眼。

"你哪儿伤着了?"孟鸥带着哭腔问她。

向悠有些茫然地举起手臂,指了指硬币大小的两处擦伤。

空气有几分凝固。

向悠越看越想笑:"孟鸥,你哭啦?"

如果只有两个人在还好,关键是,向悠的朋友还陪在她身边。

朋友没忍住捂着嘴在旁边笑了两声,孟鸥用手背抹了下眼,别过脸,自己也不好意思地笑了笑。

越笑越尴尬,他干脆把头顶上的帽子往下一压,整个儿挡住了脸。

望着这个"无脸怪",走廊上爆发出了两串清脆的大笑。

然后向悠拍拍他,说:"你把帽子拿下来吧,我朋友走了。"

"真的?"他在帽子下含混着问。

"真的。"

结果孟鸥把帽子一揭,看到两个人在他面前笑得腰都直不起来。

"向悠悠,你这个人心都是黑的!"孟鸥气急败坏地控诉。

她向悠行不更名坐不改姓,偶尔孟鸥想叫她大名,又不想太严肃,就会擅自给她的名字加个字。

这句话由于还带着哭腔，显得更好笑了。

向悠一边笑，一边看着他窘迫难当的表情，最后还是良心发现，让朋友先去楼下大厅等她。

朋友走后，孟鸥看起来还是很沮丧，闷头把帽子往脑袋上一扣，挡住了眼睛。

向悠凑近，戳戳他的胳膊。

孟鸥甩甩手不想理她。

"疼。"向悠哼唧了一声。

孟鸥抬高下巴，把眼睛露了出来。

向悠把胳膊举到他面前，可怜两块擦伤要不是因为涂了药水，估计都看不见。

"疼死了。"向悠撒谎。

孟鸥很紧张地捧过她的手，动作有几分僵硬，像是捧着枚传国玉玺。

"怎么办，要不要让医生开盒止痛药？是不是有内伤之类的，要不再去检查一下……"

孟鸥说着说着，突然不说话了。

因为他看见向悠在笑。

得逞的那种笑。

"向悠悠……"他很无奈地喊了她一声。

向悠不说话。

她只觉得这双红红的眼睛，真漂亮。

而此刻，向悠盯着洋基队队标发了会儿呆，忍不住屈指敲了敲空的帽顶。

帽子向旁边歪去，像是被拨动的指针，孟鸥的脸露了出来。

他的眼睛很干净,黑白分明,深邃的眼窝模糊了眼眶的边界。

向悠曾说他的长相很讨巧,让人乍一看,总以为他的眼睛比实际要大一圈。

然后孟鸥贱兮兮地回她:"羡慕吧,羡慕你也没有。"

而现在孟鸥没说话。

向悠摊开手:"帽子还我。"

孟鸥乖乖地把帽子放上去。

向悠接过帽子,觉得再往头上扣显得有点生硬,她干脆顺势放在长椅上,欲盖弥彰地低头抿了口咖啡。

孟鸥也喝了口乱七八糟的混合物。

空气闷闷的,像是夏日暴雨欲来时的天气。但这明明是个凉爽的早春,沉寂了一冬的万物都在欢快地抽芽生长。

"前段时间的电影你看了吗?"孟鸥突然问。

"没有。"向悠摇摇头,"好不容易抽出空来,结果一查,前一天刚好下映。"

孟鸥意味不明地望着她:"你怎么知道我说的是哪一部?"

向悠愣了一下,她也没有刻意去猜,他一开口,她脑子里就冒出了那部电影。

就像从前一样默契。

但是分开了一千天的人,也会有这种默契吗?

她试图对个暗号:"五个字的?"

"嗯,五个字的。"

前段时间上了一批电影,只有一部是五个字的。

向悠撇撇嘴:"好看吗?"

孟鸥没回答,反问道:"你又走神了是不是?"

023

"有吗？"向悠不解。

他们一直在聊电影不是吗？

孟鸥提醒她："你还没回答我的上一个问题。"

哦，问她为什么猜到是那部电影。

向悠抿了口拿铁，不说话。

她不知道该怎么解释这种突如其来的默契，和前任说这种东西，让她有点不舒服。

"就知道你又走神了。"孟鸥哼笑道。

向悠抬眼，望向他笃定的神情，突然很不爽。没人喜欢被拿捏，更何况对方还是前任。

"可能因为，按照你的品味，也只会喜欢那种电影吧。"

她想起了看过的很多关于前任男友的帖子，里面的一个个前任，都是她们至深的仇人，大家互相分享着怼前任的妙语连珠。

她这句话不够妙，杀伤力也不强，但较于她的性格来看，是句少有的难听话。

果然，孟鸥的脸冷了下去，他握杯子的手紧了紧，用力到指尖泛白。

向悠望着那漂亮的玻璃杯，忧心它会不会被捏碎。

而后，那泛白的指尖又逐渐恢复了红润，孟鸥的手像是脱力般，一节节从杯壁上滑下去。

杯壁的冷凝水"嗖"地从他手边经过，比他先一步抵达桌面，像是在嘲笑他。

"向悠……"他面带苦涩地喊她的名字，"……悠。"

最后一个字，和他的小拇指同时抵达桌面，轻巧地砸了一下。

砸出了一个巨型天坑。

2

向悠是怎么猜到的呢。

可能都不需要用"猜"这个字。

前段时间，影院扎堆上了六部电影。两部爱国教育片，一部青春爱情片，一部动画片，一部好莱坞英雄片，一部国外黑帮片。

只有最后那部，是五个字的。

它的导演酷爱拍也很会拍男人。拍西装革履的男人，拍叼着烟斗的男人，拍西装革履叼着烟斗结果冷不丁把人揍到头破血流的男人。

这个导演所有的电影，基本都是这种风格。

向悠很讨厌看这种电影，觉得血腥暴力又无聊，与之相反的是，孟鸥很爱这个导演。

他们在一起的第一年，这个导演刚好有部新电影被引进。

别的情侣在一起，都是看抵死缠绵的爱情片，结果他上来领着她看了部"男人打架片"——

向悠是这么称呼这种电影的。

在她的眼里，这类电影的套路其实都差不多。

穿着上档次的手工西装，露着额头蓄着胡子，看人要么斜眼要么对眼。

还必然会有个烟雾缭绕的酒馆，一位深藏不露的酒保，在昏黄的灯光下，一群人聊着另一群人的生命。

然后就是打架，街头巷尾追逐战，室内肉搏，阳台杂耍，拳拳到肉，枪声如鼓。

在令人肾上腺素飙升的音乐里，向悠却昏昏欲睡。她眼皮打着架，头点啊点，脑袋旁突然伸来一只手。

手一按，她顺势靠到了孟鸥的肩上。

很老套的经历。

非说有什么特别之处，可能就是银幕上正放着一个男人打倒了另一个男人。

她后来有时候会想，在昏暗的电影院里，看着自己爱的电影，居然还能有余力关注身边的人。

这算不算一种爱的表现？

她那时候就是个恋爱激素上脑的小姑娘，孟鸥的一举一动，她都能往爱情上扯。

不过那一觉，向悠意外地睡得很香。

电影院里的温度很适宜，椅子很舒服，黑帮片的画面总是一片昏暗，因此光线也暗得刚刚好。孟鸥的肩膀宽阔，清新的皂香叫人安定，至于那喧哗的音效和背景乐，反而因为出现得太频繁，逐渐成了一种助眠乐。

向悠醒来的时候，电影屏幕上在放下一部电影，是部青春片，男主正在操场和人打架。

画面色彩和糖水片一样饱和，男主角很瘦，肩窄条细，出拳软绵绵的，不知为何也能撂飞一众炮灰。尤其在看了刚刚的那部黑帮片后，眼前的打架场景更是不堪入目。

不过这不是重点。

重点是——

黑暗中，她看见孟鸥的眼睛闪亮亮的，他压低声音道："我们这算不算逃票？"

向悠吓了一跳。

她向来是个循规蹈矩的人，从小到大，她连红灯都没闯过一次，垃圾也从没顺手扔过，有次一直见不到垃圾桶，她甚至一路把它带回了家。最后她被妈妈骂了句"脑子不好使"，别人都是带好东西回家，就她把垃圾往家里带。

所以，逃票对她这种道德感强的人来说，是件很严重的事。

她吓得揪揪孟鸥的袖子："那我们赶紧走啊。"

孟鸥问她："你不想看？"

"不要。"向悠使劲儿摇头。

一想到她现在是逃票状态，她就如坐针毡。

"再看会儿吗，都看半小时了。"孟鸥把腿一伸。

他坐在外侧，他要是成心不肯让，向悠也走不了。

"我不看，我们快点走。"向悠都快哭了。

她甚至能想象出自己被抓到逃票后，会是怎么样一个场景。

她会在大庭广众下被指责，甚至被抓到公安局，说不定还会通知家长。

好可怕，那一刻，她感觉整个世界都要崩塌了。

可孟鸥坐得稳当，还不忘调侃一句电影角色的发型："敢在学校烫这种头发，早被老张薅秃了。"

老张，是他们以前高中的年级教导主任，抓风纪抓得特别严。

"你快走啊。"向悠急得直推他。

电影院里的人不多，且多是情侣。他们这处的动静有点大，于是那几对情侣纷纷扭头朝这处看来。

对于在乎公德的向悠来说，看电影时是不应该影响到他人的。可她现在不仅逃票了，还吵到了别人看电影。

她绝望到一直掉眼泪。

见她哭了,孟鸥终于慌了。他从口袋里摸出两张票,是他趁她睡觉时,偷偷出去买的。

他把票在她面前晃了晃,压低声音:"我跟你开玩笑呢。"

讨厌透顶的玩笑。

向悠不说话,用力咬着牙,起身使劲儿往外挤。

孟鸥一收腿让向悠出去了,而后赶忙追上了她,抓住她的手腕。

向悠强忍着没发作,直到从楼梯上下来,站在四面无人的角落里,她停住了脚步。

推门就是人来人往的走廊,所以她要在这里把话说清楚。

"孟鸥,我讨厌你,这个玩笑一点也不好笑。"向悠一字一顿道,"我不要和你在一起了。"

那时候,他们确定关系还没有一周。

说完,向悠扭头就要走。

孟鸥急了,赶紧抓着她的手向她道歉。

向悠对此充耳不闻,用力甩着自己的手。他抓得极紧,很快,她的手腕就红了一圈。

后来她不挣扎了,低头定定地望着自己泛红的手腕,卡在上面的另一双手,一直没有放松。

"孟鸥,你就跟那些电影里的人一样,又暴力又低俗,自以为是,不在乎他人感受。"

才刚刚成年的少女,说着此生最狠的指责。

那双手随之慢慢松开了。

它顺着重力向下落,不知是多大的动力,带动着它的主人也颓丧地弯了腰。

"向悠,我错了。"孟鸥的声音哑哑的,"我以后不跟你开玩笑了。"

向悠没听,她扭头出了门。

孟鸥没追上来。

然后,他们就分手了。

向悠曾经在手机上记录过这一段分手,不过因为时间太短,复合后又被她删了。

可能想删去的不仅仅是一条记录。

后来是怎么复合的呢,可能是她受不了连着一周,孟鸥都用一种仿佛被遗弃的小狗一般的神情,巴巴地盯着她看。

那双又深又黑的眼睛好似淬了毒,让人难以自拔。

有人时就只是看着,没人时就凑上前,可怜兮兮地喊她的名字。

除此之外,还有每天一封检讨书,每封一千字起步。写到最后,快把他身体里的每一颗原子都检讨了一遍。

那些检讨书,直到谈第二段恋爱,向悠才把它们扔了。

当她还没和第二任分手,就开始后悔自己扔了那些检讨书时,她便已经预料到了和第二任的结局。

还好,最后还是第二任欠她欠得更多些。被人亏欠的难受,远不如自己亏欠别人后的内疚来得深。

有时候她也讨厌自己的这种心理。

向悠是个容易心软的人,所以后来她原谅了孟鸥。因为等她冷静下来回头看,自己其实没有逃票。

她一直遵守的规则没有被打破,至于她自己那一瞬的不安和崩溃,好像就被逐渐淡忘了,又或者是被孟鸥的道歉抵消了。

他们复合后,孟鸥没再带她看过电影。同样的,他所有的玩笑也都停留在了嘴上的调侃。

尽管有时他还是会把向悠气到哭,但只要心底那条线没有被越过,她不会把这些眼泪记很久。

直到大二那年,电影院又引进了那个导演的新电影,向悠主动提议,要不要一起去看。

"你不是不喜欢看这种电影吗?"孟鸥问。

其实他心里真正介意的,并不是这个。

向悠也知道,但他们谁都没点破。

"也还好啦。去看看吧,好像口碑还不错呢。"向悠说。

时隔数年,他们再次坐在了电影院里。还是一贯的风格,向悠看着看着,眼皮又打架了。

然后脑袋上又按来一双手。

五指贴上她头发的那一刻,她的心软了一下。

她想起了从前的那个小姑娘——

他看着喜欢的电影,都能注意到我,他是不是好爱我?

她现在不会成天想着对方有多爱自己。

但是孟鸥的肩膀,果然还是很好靠。

这场看得很顺利,孟鸥在片尾曲响起时喊醒了她。向悠揉揉睡眼,坐直身体,陪着他看完最后的字幕,等到了一个不足五秒的彩蛋。

虽然短,但只要有就是值得的。

最落寞的可能是看了十分钟的片尾,看到全场都散尽,看到保洁阿姨第三次问你要不要走,结果也没等来一个彩蛋。

看完电影后,两人一起吃了顿饭,便各自回了学校。

有了这次愉快的电影经历,后来两人还约着看了很多回。有的是孟鸥爱看的,有的是向悠爱的,有的是两人都爱的。

他们逐渐都忘了第一次看电影时,那个让彼此一度分手的波折。

………

前段时间，结束了一项工作的向悠正准备去电影院放松一下，她打开影评网站，一眼就看见了那个导演。

其实对她来说，还有很多比它更有吸引力的电影。但不知为何，那一刻她的眼里只有它，手指不知不觉便移了上去。

有些套路的剧情，很稳定的出分，这到底是个偏小众的电影，看它的多是导演的影迷。

向悠滑动屏幕，翻阅着一条条评价，有个想法一个劲儿地浮出水面，又被她不留情面地按了下去——

在这里面，会有孟鸥的评价吗？

其实她真的很久没有想起他了，但在大脑里，可能就有这么一个地方，藏着她不愿记起，又怎么都无法彻底忘记的事。平日不会叨扰她，只会在某些时刻，冷不丁地戳她一下。

比如小学时有次穿着家里的拖鞋去上学，比如走在路上听错名字回了头，也比如她和孟鸥相识的那六年多。

这部电影真有这么好看吗？

向悠关掉影评网站，点开购票网站，想去看一看。

和谁都没有关系，只是她想看部电影放松一下自己，刚好这部评价还不错罢了。

真的。

点开电影院的时候，向悠的手好似做贼般有些抖，她翻了一遍在映电影，没找到。

她又耐心地重找一遍，依然没有。

最后，她切到影评网站，看到上面标注的结束放映日期，就在前一天。

刚好错过了一天。

就像她和孟鸥的那1499天一样,差一天便能圆满了。

说不出为什么,向悠松了一口气,她放下手机,颇为舒心地笑了。

大概她无法接受,她要在影院坐上两个小时,被这部处处写满孟鸥名字的电影凌迟每一秒。

可是,怎么明明躲过了一遭,还是没能逃过眼前的这一遭呢?

3

被她说了那么一句,面前的孟鸥看起来很颓丧。他微微弓背,双肘搭在桌沿,抬眼看向她。

他的眼睛藏在很深很深的地方,水汪汪的,像一池深潭。

向悠想,他们明明是和平分手,其实没必要这么针锋相对的。她是一个成熟的成年人,一千天了,何必搞得这么难看呢。

所以,她尽量友好地笑道:"我开个玩笑。"

孟鸥的眉毛很细微地挑了挑:"是吗,害得我伤心了一下。"

向悠分出一只手支在桌上,将脸颊靠上去,歪着脑袋看他。

这个人的话不太可信。

孟鸥很会演,喜怒哀乐都是。他还有一张能说会道的嘴,两者相辅相成,总能把向悠骗得团团转。

所以向悠不信他,但是她喜欢看他演戏。

就比如那个让他们分手的玩笑,孟鸥总是可怜兮兮地看她,说自己错了,说自己痛彻心扉,谁知道几分真几分假。

但是当他蹲在她桌边,两手扒着桌沿,仰头巴巴地跟她道歉时,向悠的心好像浸了水的海绵,又湿又软。

围着黑色围裙的咖啡师突然朝这边走来,向悠收回手,将背脊挺直了些,不解地看向对方。

咖啡师在桌边停住脚步,给孟鸥递上纸笔:"感谢您选择我们的新品,可以请您参加一个小调研吗?有优惠券赠送哦。"

孟鸥向来来者不拒,他点点头,接过纸笔。

向悠的好奇心随即被点燃,她仰起头,微微伸长脖子看去,好奇调研卷上会问些什么问题。

看着看着,那张纸突然转了个向,被推到她面前。

孟鸥将手心摊开,略一倾斜,笔便"咕噜噜"滚到了她面前。

"她也尝过了,可以让她也写一份吗?"没待向悠开口,孟鸥对着咖啡师道。

咖啡师愣了一下,看着他杯里的两根吸管,点点头:"好的,麻烦您稍等一下,我再拿一份调研卷过来。"

咖啡师暂时离开后,向悠压低声音道:"你给我干什么?"

"你伸着个脑袋看得累不累?"孟鸥语气带笑。

"我就无聊随便看看……"向悠越说声音越小,试图将调研卷推回去。

"行啦,填吧。"孟鸥不由分说地向她那处推去。

硬挺的纸张在玻璃桌面上蹭过,发出一声尖响后,拱成了一座桥。说是桥或许不太恰当,因为它的底端是相连的,侧面看去更像是水滴的形状。

向反方向推去的两个人,指尖突兀地撞到了一起。虽然隔着双层的纸,但依然能清晰感觉到彼此的温度。

向悠的指尖凉凉的,而孟鸥的是热乎乎的,他就是一座移动的火炉,一年四季都是暖和的。

冬天时,向悠最喜欢将手伸进他的脖颈取暖,不过一旦进

033

去，就不一定能轻易拿出来。

孟鸥很坏，有时候他会故意往后一仰，靠倒在椅背上，将向悠的手夹住。

向悠气得想打他，可惜两手被夹得死死的。

踹吧，手限制了自由，腿也没有太大发展空间。

而孟鸥会美滋滋地刷着手机，让她"好好罚站去吧"。

尤其有时候，向悠有什么急事，被困在原地半天，急得直跳脚。

当然最后，代价也是孟鸥付出的。

比如本来只是两块钱的地铁钱，但被他耽误了时间，他不得不出几十块给向悠打车。

比如赶在deadline（截止日期）的作业，孟鸥也只能挑灯夜战帮她一起完成——

虽然他只耽误了几分钟，而向悠在这之前可拖延了几天。

孟鸥有向向悠抱怨这一点，但向悠表示，deadline在此，越往后的时间效率越高，自然也越宝贵。

难得一回，孟鸥没吵过她。可能是因为他想让她赢一回，而更为可能的，是时间真的太紧迫，向悠欠下了太多作业，让孟鸥没法再跟她耽误时间争辩。

孟鸥在为她的作业忙得焦头烂额时，也方便她偷偷看他。

至于为什么两个人这种关系还要偷看，是因为一旦被他发现了，他就会原形毕露。

认真时的孟鸥，颜值好像都涨了一截。当他闭上那张总是"跑火车"的嘴，眸里的目光也不再狡黠时，便成了一尊漂亮的雕塑。

让向悠很想亲他一口。

但是一旦真的亲上去，孟鸥就会开始坏笑，说她"这么爱我啊"。

他一开口，烦得向悠只想离他远点。

她永远没法在孟鸥最好看的时候亲他，向悠称之为"亲亲悖论"。

咖啡师拿来了第二张调研卷，向悠低下头，将自己的那张抖平整些，抓起圆珠笔。

其实她就喝了一口，所以，好多问题都没法准确回答。

烦恼时，她无意识地将笔头按回去，又按出来。

耳畔忽然传来玻璃杯滑过桌面的声音。

孟鸥对着她笑："拿不准就再喝一口。"

谁爱喝这玩意儿啊，她不是被迫成了新品调研的工具人嘛。

向悠这么想着，还是将杯子拿到自己面前，低头含住了靠近自己的那根吸管。

手和脑总是不协调，让她很郁闷。

孟鸥的太阳穴猛地跳了一下。

他在推杯子的时候无意识转了半圈，她含错了。

现在提醒，显然也已经迟了。

他的脑中有一万句玩笑话，甚至，他能想象出向悠得知真相后，脸上的窘迫神情。

但最终，他什么也没有说，只是低头看向自己的调研卷。

"啪嗒""啪嗒"，他的圆珠笔头被按进又按出。

这杯名字长到记不住的饮品已经没有开始那么冰了，因此甜度也加重了几分，稍显腻味。

向悠将玻璃杯推回去，低头认认真真地填写调研卷。

两份卷子都填完后,咖啡师从围裙口袋里摸出两张券:"感谢参加我们的调研活动,这是送给你们的第二杯免费券,有效期一个月,请及时使用哦。"

被骗了。

这是向悠的第一反应。

这明摆着是商家的营销套路,诱导她再来消费一回,甚至券还有使用范围要求,只有新品才能用。

孟鸥将自己的那张券推给她:"我又不住这里,你下次来喝吧。"

他确实用不上,向悠也难用上:"我跟谁来喝啊。"

要是纯粹的五折券,她指不定哪天就来了。可现在的商家怎么都爱给第二杯搞活动,全世界的人都有能分喝第二杯的人吗,为什么她没有呢。

孟鸥不置可否地一抿唇,看向她的眸光深邃了几分:"没人跟你一起喝?"

Chapter 03 / 欲盖弥彰

一点不知所措，一点茫然

一个适合聊天的下午

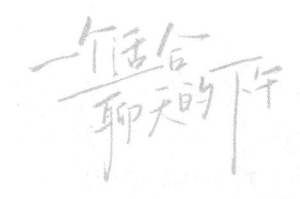

1

直觉告诉向悠，这句话有陷阱。

"他不爱喝咖啡""这里太远了""最近他工作比较忙"……这些话都可以用来回击这个陷阱。

至于句中的那个"他"，她可以说是男同事、男性友人等等。

孟鸥要是误会了，那是他的错。

但是，人为什么要这么拧巴呢。

在她面前坐着的，不是她的敌人，不是她的对手，不是她需要处心积虑争个高下的人。向悠希望自己能表现得平和一些。

所以，她尽可能大方地摇摇头："是啊，没有。"

很奇妙的，她一旦大方了，拧巴的那个好像就轮到了孟鸥。

他的眸光几不可察地一闪，欲盖弥彰地捏住不锈钢吸管，随口"哦"了一声。

你看，原来问题这么容易解决的。

于是这下，倒轮到向悠心疼他的窘迫了。挖了个坑，结果自己跳了进去，好可怜的人。

向悠没他那么坏心肠，喜欢看人尴尬，所以她主动换了个话题。

"我上个月回老家，看到郑老师了。"

上个月是母亲的生日，她特地请假回去庆生。她拎着蛋糕往家走的路上，刚好和高中的班主任打了个照面。

想想高中也才过去几年，算不上太长，但眼前的郑老师似乎已经憔悴得不像样——来不及补染的鬓发白得像雪，鱼尾纹灿烂成了一对花。

或许郑老师当年没有撒谎，每教的一届都是最让人操心的一届，一届届地摧残着她。

向悠心里莫名梗塞了一下，以至于面对面站定后，她都忘了率先打招呼。

还是郑老师认出了向悠，笑道："悠悠啊，现在在哪儿工作啊？"

"啊，郑老师好。"向悠将问题抛至脑后，赶忙先打了声招呼。

"好、好！"郑老师笑得眼眯了缝，"你还是跟当年一样，爱走神，说话总是慢半拍。"

向悠不好意思地抓抓头发，干笑了两声。

郑老师等了几秒，眼见她没有回答刚刚那个问题的打算，干脆自己又问了个新的："你回来是干什么呀？"

"我妈过生日，回来给她庆生。"向悠总算回过神，一板一眼地答道。

"哦，也帮我带一声好。"

寒暄的氛围好像突然变得有些尴尬，向悠觉得总不能一直让对方发问，自己也该找个话题。

于是她嘴巴比脑子快了一步:"郑老师,这届学生还是很难带吗?"

此话一出,两个人都开怀大笑起来。

两人站在马路边笑到前仰后合,惹来一片来往的行人将目光投射过来。

郑老师好不容易才止住笑,说道:"难带啊,最难带的一届呢!"

"那这么比起来,我们那届看来还挺好的吧。"向悠笑着将玩笑开下去。

"是,你们那届确实不错。"郑老师脸上的笑意逐渐变得温柔,带上几分忆往昔的味道,"算是成绩最好的一届,可给我脸上长光了。"

向悠附和地笑笑,最替人长光的肯定不是她,她只能算是与有荣焉。

那年高考,他们班成绩最高的是孟鸥。

其实孟鸥的成绩很不稳定,最差在班里考过第三十名,最好考过第二名。跟过山车似的,但是心慌的只有别人,他的心态一向很好。

对于学生来说,最重要的是学习,但是对于他来说,好像什么都无所谓。

退步了无所谓,被批评了无所谓,受伤了无所谓。

最有所谓的可能是向悠不理他。

两人很难冷战,因为孟鸥不同意。向悠越冷,他越热,烦她、一直烦她,课上课下不停地烦她。

他不许向悠把事憋在心里,非要两个人翻出来好好掰扯。
是他的错,他道歉,是向悠的错,还是他道歉——

用向悠的口吻，然后再很爽快地原谅她。

向悠有时候很郁闷，虽然是她的错，可她还不想道歉呢。

但是孟鸥不依，他会说："我已经原谅你了，你不要再气自己了，不然心会疼的。"

一番理直气壮的话说下来，生生给向悠绕晕了。

向悠确实生气，但是……她气的不是自己啊。

不过，为了还自己一片安宁，哪怕事情还是一团糨糊，两人也能稀里糊涂地先和好。

这其实是个坏习惯，因为彼此总觉得一旦和好了，事情就过去了。但是没有，它只会囤积着，越来越深越来越黏稠，等到哪天兜头泼下来，叫人窒息。

孟鸥的运气不错。分班后的两年，他没有一次考过第一名，偏偏高考那年，总考第一的那位发挥失常，让孟鸥上去了。

可能这就是命，谁也说不准。

回校填志愿的时候，孟鸥整个人都是春风得意的。

向悠的心情也不错，她属于成绩稳定的那种，高考分数甚至还稍微进步了一点。

孟鸥在楼梯口逮到了来学校的向悠，她穿着姜黄色的连衣裙，手腕上戴着父母新奖励给她的手表，走路慢悠悠的，还左顾右盼。

——看起来不像是个毕业生，像个才来学校的新生。

她仰头准备上楼梯，突然听见后面一阵跑步声，然后手腕一疼，手表没了。

向悠茫然地低下头，望着手上的一圈红印儿。在学校里明目张胆抢劫，这得是什么人——

孟鸥很尴尬地向她挥挥手里的手表，说："你不能戴紧一点吗？"

她已经将表带扣到最后一格了，明明是他抓得太用力，再加上她的手腕还出了点汗。

"怪我咯。"向悠很无奈。

"嗯，怪你。"孟鸥轻声附和了一句，再次抓过她的手腕，动作比刚刚轻了不少。

向悠没挣扎，任他抓着。

他将手表解开，又认认真真地给她戴上。

孟鸥给她戴手表的时候，向悠就百无聊赖地打量他。

他的头发长长了点，这一路估计是疯跑来的，乱七八糟地支着，活脱脱一个鸟窝。躬身的时候，他那宽敞的领口毫无防备地往下坠，向悠一眼便看到他裤腰上的系带绳。

而在领口和绳子之间……

后来向悠躺过、靠过、摸过，但她还是很难忘记十八岁的这个夏天，这吓了她自己一跳的匆匆一眼。

阳光斜着从少年领口打下来，仿佛就此刷了一道油彩。紧实、蓬勃，不是无氧和蛋白粉催出来的，带着一种天然的生命力。

而少年的脸尚且葆有青涩，对着表带上的小孔时，认真到眉心微蹙。

有汗从他额角流下，一路滑到下巴尖，晶莹剔透。向悠收回手慢了一步，那滴汗在她手心砸开，微凉。

她讨厌男生身上的汗味，但意外的是，她不讨厌这突如其来的一滴汗。

因为系完手表的孟鸥抬起脸，看向她的时候，眼眸亮晶晶的。

"回头你到手表店，让人家给你补打一个孔。"孟鸥说着，轻而易举圈住她的手腕，用力晃晃，"看你瘦的，饭吃到哪儿去了？"

向悠的手腕在他的虎口处撞来撞去。

她眨眨眼："不知道，被你偷吃掉了吧。"

孟鸥偏着头看她，轻笑了一声，学着她刚刚的语气道："怪我咯？"

其实也说不上怪谁，高三这年压力大，向悠吃不下饭，一个学期下来掉了快十斤，整个人瘦得不成样子。

孟鸥有时候会给她带零食，但自从她在课上偷吃零食被抓两次后，便都是在放学时偷偷塞到她包里。所以她回家后吃不吃，孟鸥也不知道。

哦，对了，偷吃零食被抓要写的检讨，也是孟鸥帮忙写的。

因为向悠振振有词地表示，要是孟鸥不带零食，她就不会被罚，罪魁祸首是他。

孟鸥恨铁不成钢地说她笨，他上了十几年学，时不时也偷吃，怎么就从没被抓过？

但说是这么说，他还是乖乖地写了。可能帮得多了，孟鸥写起检讨来很是得心应手。

最后班主任拿着她的检讨，皮笑肉不笑道："你和孟鸥的字越来越像了啊。"

向悠梗着脖子道："有吗？我不知道啊。"

后来向悠把这事告诉孟鸥，孟鸥笑着说她学坏了。

"都怪你！"向悠一边说，一边从他口袋里摸出一块巧克力。

带着他的体温，入口即化。

教室里很热闹，大家聊着高考成绩，聊着志愿，聊着专业。

孟鸥一出现，班里齐齐起哄："孟大状元来了！"

其实孟鸥也就是拿了个班级第一，校排名连前十都没进得去——

第十一名。

但孟鸥这人就不知道谦虚怎么写，别人这么喊了，他就这么应了，拖着长调"哎"个不停。

他不尴尬，向悠尴尬。

因为他还抓着向悠的手腕，一直没松开。

大家都知道他们的关系，脸上带着意味深长的笑。

向悠恨恨地用另一只手拧了下孟鸥的胳膊，一拧红痕一片，孟鸥"嗷"了一声，冲着她大言不惭地笑："对状元放尊重点。"

烦死了！

和他一起真丢脸！

向悠这么想着，又撇腿踢了他一下。

结果一脚下去，自己先笑了。

坦白地说，孟鸥这副臭屁的模样……

挺帅的。

肩膀突然被谁拍了一下，向悠回头望去，吓了一大跳。

难得穿着裙子的郑老师，正对着他们严肃地笑——

严肃和笑听起来似乎有点矛盾，而在绝大多数老师的脸上，这是对很契合的词。

虽然已经毕业了，但向悠还是怕到不行。她拼命想挣开孟鸥的手，可他反而扣得更紧，还对着郑老师大声问了好。

郑老师应了他的问候，又看着向悠怎么都挣不开的手，笑道："行啦，反正老师也管不了你们了，不过你们俩这次考得都不错。"

向悠沮丧地放弃挣扎，闷闷地说了声"谢谢老师"。

"孟鸥，你这分数肯定是要去 A 大吧，向悠呢，想去 A 市吗？"郑老师问。

A 市有些远，但确实是个好地方。向悠在家和父母商量了很久，都看上了 A 市的几所大学。

"有这个打算。"向悠道。

孟鸥闻声，扭头惊喜地看着她。

A 大就是在 A 市。

向悠本来想说，自己又不是因为他才去 A 市的。但想来想去，她决定还是不扫他的兴。

"不错啊。"郑老师颇为欣赏地看着他们，"好好学习，也……好好恋爱。"

难得从老师口中能听到这种话，向悠羞到低下头。

而孟鸥这个恬不知耻的，还大声道："老师，回头请你喝喜酒！"

他的声音太大，前排的学生几乎都听到了，班里一阵喧哗，此起彼伏地让他也请自己。

"都请、都请！"孟鸥笑着回头冲他们挥挥手，一副领导派头。

那时候向悠既羞涩，又有点甜蜜蜜的。

处在青春期尾声的少女，对婚姻总有着不切实际的美好幻想。她渴望从校服换成洁白纱裙，被深爱的少年牵着手，一齐踏上红毯。

但孟鸥从来没有向她求过婚，也没有正式聊过这件事。

他们刚好断在了需要认真面对这件事之前。

2

毕业后说起来万事都好，想起当年，也有过不少提心吊胆的日子。

两人因为走得太近，不可避免产生了一些传闻，同学间开开玩笑倒还好，传进老师耳中，事情可就变了性质。

有一次，两人在走廊上走着走着，突然被班主任叫住了。

彼此隔了近十米的距离，班主任不得不高喊道："你们俩来我办公室一趟。"

两人臊眉耷眼地来到了办公室。

训话的内容很格式化，两人就是两只应声虫，班主任说一句，他俩就"嗯"一声。

最后，班主任说："下次再让我抓到你们走太近，我就把你们家长喊来。"

为了贯彻这一说法，班主任让孟鸥先走。

孟鸥离开后，班主任抓着向悠又说了好几分钟，语气时而严肃，时而温柔。说她居然违背校规时很严肃，让她保护好自己时很温柔。

向悠从一只"虫"变成了一个人，把每个字都听进了耳朵里。

素来遵纪守法的向悠，当真不搭理孟鸥了。

晚饭时间，孟鸥来找她，她视若无睹地拉着朋友的手走了。

那晚孟鸥没吃饭。

后来有人说，撞见他一个人在露台吹风，眼睛红红的。

但他没死心，放学时又截住了向悠。

走廊上人太多，向悠难以将他彻底甩开。好在这晚不是班主任值班，向悠放低防备，和他走近了些。

"你不想和我做朋友了吗？"孟鸥可怜兮兮地问她。

"没有呀。"向悠赶忙否认，"可是，我们不是不能被班主任发现走得太近吗？"

"那班主任不在的时候，你能不能别疏远我？"孟鸥看起来委屈巴巴的，"我作业一个字没动呢！"

这句话少了个前因，但向悠能听明白。

意思是他因为被疏远，心理波动得连作业都写不下。

对于学生来说，学习和作业是头等大事，这个被影响了，那事情一定很严重。

"可是，你怎么知道班主任什么时候不在？"向悠问。

要知道，班主任可是神出鬼没般的存在。

而且根据墨菲定律，越是想做坏事儿时，越容易被班主任抓现行。

"我眼神好，我帮你盯着。"孟鸥突然将眼睛瞪得溜圆，扫视了一圈，"报告，班主任不在附近。"

向悠将信将疑地瞥了他一眼，扭头左看右看，马尾却被孟鸥抓住晃了两下："都告诉你我帮你检查过了，不相信我？"

向悠收回目光："那你以后都要观察仔细一点。"

孟鸥一扬眉："包在我身上。"

有了这个承诺后，两人又恢复了从前的状态。

一起吃饭，一起聊天，一起写作业。

每每班主任在视野里出现，孟鸥都会第一时间发现，然后"刺溜"跑远了。而慢半拍的向悠，要等到他带起的风吹到脸上时，才后知后觉意识到问题。

唯独有一次。

那次是午休时间，两人难得都没回家，在学校一起吃了饭后，打算回教室休息。

可能因为是第一次一起午休，也可能是聊得实在太开心，总之，孟鸥的雷达失灵了。

"你们两个——"班主任的怒吼从背后响起。

向悠吓得站在原地头都不敢回，满脑子回响着"死定了"。

而孟鸥不知怎么想的，突然一把抓住向悠的手，朝前狂奔而去。

"你疯啦！"

向悠拼命想甩开他的手，却怎么又甩不掉，只能被迫跟着向前。

身后传来班主任的追赶声，脚步声混杂着怒骂。

"孟鸥你有病啊！你松开我的手！怎么办呀……"

向悠一路上气不接下气地说着，偏偏孟鸥倒是很淡然，还有空分她一个眼神，冲着她笑一个。

笑什么啦！都怪你！

向悠没气儿说话了，把嘴上的骂改到了心里。

别人都说跑步有一个极限，到达这个极限后，身体的疲惫会一扫而空，能再跑很远很远。

而向悠也抵达了一个极限。

但不是跑步的极限。

而是那些压力、惶恐、不安……聚集到一个程度后，突然"嘭"的一声，烟消云散了。

她不在乎了。

反正事情已经发生了，怎么都于事无补了。

向悠将他的手握紧了些，像是感觉到了什么，孟鸥也反将她握紧了些。

两人紧紧的手相牵，在走廊上一路狂奔。

其实班主任一早追不上他们了，她的怒吼声，也逐渐远去听不见。

但两个人还是跑。

谁都知道不可能跑一辈子，总得回到教室，可他们就是想这么叛逆地跑上一回。

午休时分的教学楼很空，走读生回了家，住宿生也回了宿舍。整栋楼都回响着他们杂乱的脚步声，后来又掺上了断断续续的笑声，从楼上到楼下，又朝操场延伸而去。

跑到一楼时，彼此都明白没必要再跑了。可两人默契地对望了一眼，一句话没说，便又朝操场跑去。

一直跑上塑胶跑道，向悠先一步失了力，往地上一赖，也把孟鸥拽倒了。

两人都没力气说话，彼此对望着，像两只小狗，张着嘴直喘气。

气儿喘顺以后，第一件事便是笑。

先是默契的微笑，一路过渡到放声大笑。

虽然知道后面等着她的是地狱，但那一刻，向悠就是特别特别开心。

近十八年的人生中，最开心的一刻。

…………

当天下午，两边的家长先他们一步来到了教学楼。等他们走进办公室时，两位家长显然已经被先训了一轮。

抛至脑后的害怕此刻卷土重来，以至于向悠一进门就掉眼泪，走到班主任桌前时，已经哭得直抽抽了。

向悠妈妈心疼到不行："老师，你看孩子都知错了。我回去一定教育她,在学校里您给她留点面子好不好。"

孟鸥妈妈则直接拿出纸,弯腰给她擦眼泪,边擦边说:"没关系没关系,小姑娘别害怕,我回去把孟鸥打一顿。"

而孟鸥说:"老师,你骂我一个人吧,都是我的错。"

总之向悠的一通眼泪,一瞬间俘获了在场的三个人。

班主任有点尴尬,就连附近几个看热闹的老师都调侃道:"郑老师啊,看你把人家小姑娘吓坏了。"

到最后,班主任无奈道:"我希望你们是真的只是单纯要好的男女同学关系,这个阶段,学习是最要紧的。马上要来的月考,谁要考不好,那就不是光请家长就能解决的了。"

"老师我保证。"孟鸥道。

"老师,我、我、我也……"向悠哭得都说不出个完整的句子。

班主任看她这副梨花带雨的模样,没忍住笑出了声。

她这一笑,紧张的气氛瞬间被瓦解了。

四人一块儿走出了办公室,一出门,两边家长互望一眼,尴尬地笑笑。

向悠已经不怎么哭了,但还是时不时吸吸鼻子。孟鸥妈妈上前,有点手足无措地望着她,在口袋里摸半天,摸出块巧克力。她将巧克力递给向悠:"不好意思啊。"

向悠不知道要不要收,茫然地看了眼自己的妈妈。

向母正百感交集地看她,见她这副怯生生的模样,很轻微地点了下头。

向悠伸手,将巧克力从孟母的手心摸过来,而孟母抬手,摸了摸她的头发。

这是两人第一次见到对方的家长。

也是唯一一次。

3

他们是在高考结束那天确认关系的。

彼时两人被分到了同一个考点，最后一场考试考完，向悠收拾好东西，打算去两人约好的地方集合。

有个同班的姑娘刚好和她同个考场，两人结伴往外走，听说她要去找孟鸥后，捂着嘴窃笑个不停。

"你笑什么呀？"向悠不解。

"你不知道吗？"同学轻推了她一下，"班里都在传孟鸥喜欢你，他是不是要和你告白？"

"什么？"向悠愣住了。

青春期的少男少女，心中对恋爱总有种隐秘的憧憬，向悠虽然听过不少传闻，但总觉得这事儿似乎很是无趣。

一起上学、一起吃饭、一起写作业……明明是朋友间也可以做的事，为什么身边的人都如此热衷呢。

她就是怀着这样的想法，遇到了孟鸥。

从小到大，她有很多朋友，有男有女，所以孟鸥一开始对她来说，其实没什么特别的。

顶多长得好看了一点，嘴贫了一点。

以及更喜欢和他在一起一点——

但这可不是爱情的喜欢，绝对不是。

哪怕后来，在那个无人的体育馆里，孟鸥突然离她很近。

哪怕她的心跳得前所未有的快，脸热到让她一瞬间以为自己发烧了。

哪怕她第二天甚至不敢看对方的眼睛。

哪怕那个画面后来无数次在她脑海里回放，一片漆黑里，他的胸膛温热，心跳有力。

……………

这样的一个人，要和她告白吗？

向悠的脑袋乱七八糟的，还没有想出个所以然，肩膀突然被人拍了一下。

一抬头，心里的那个少年已然站在眼前。他穿着黑T恤黑裤子，倒衬得露出的胳膊腿儿白得发亮，但终究亮不过他那双眼，笑盈盈的，里面盛满一个她。

"小短腿跑得真慢。"孟鸥晃晃她马尾，"等你老半天了，也不知道你体测怎么过的。"

刚见面就嘲讽她，孟鸥的嘴里简直没有半句好话。

这种人会喜欢她？不可能，绝对不可能。

向悠气鼓鼓地给了他一个肘击："就你跑得快，好了吧！"

"不好。"孟鸥贱兮兮地笑，"我还是想和你一块儿跑。"

向悠的心情缓和了些许，把刚刚听到的传言分享给他。

闻言，孟鸥笑个不停："看不出你这么自恋呢。"

就知道都是假的，向悠不满道："哪有，那是别人说的，我只是转述。"

"那怎么没人传言你喜欢我？"孟鸥逼近她，眸色狡黠，"你故意编的吧？"

"编你个大头鬼呀！"向悠一掌拍开他的脑袋，"你个自恋狂。"

"我不自恋。"孟鸥突然敛起笑意，"但我是真喜欢你。"

"都说了是他们编……哎？"

向悠傻住了。

她好像听了什么不该听的。

他是不小心说出了心里话吗？还是单纯嘴快？

她要不要装傻？

怎么装呢？

向悠想了一下，跑掉了。

她边跑边说："我爸妈还在门口等着我呢！"

结果孟鸥一把将她捞了回来。

他说"向悠，我们聊一聊"，末了，声音低了一截，加了句"好不好"。

向悠觉得他不对劲。

他居然叫了她的全名，还没有给她的名字擅自加字。

"聊什么呀？"向悠怯生生地问他。

见她不打算跑了，孟鸥松开手。他看看她，又低下头，盯着脚尖，过了两秒又抬起头看她。

向悠被他看得有点莫名其妙，摸了摸脸。

"哪里脏了吗？"她问。

"没有，你长得很好看。"他好像是回答了，就是答得有点偏。

有朝一日能被孟鸥这种自恋狂夸，真不容易。

毕竟他一天到晚笑她个儿没他高，眉毛没他浓密，鼻子没他高，手指没他长，怕不是纳喀索斯投胎了！

后来有一天，向悠气得骂他是个"长手长脚高鼻子粗眉毛的傻大个儿"。

她骂得脸红脖子粗，孟鸥居然不恼。

他一扬眉，说："那你就是个小手小脚塌鼻子没眉毛的小矮人？"

"去死吧！"小矮人气得一脚踹了过去，踹完就跑。

结果，她跑了没两步，便被傻大个追上。

向悠跑不过他，气鼓鼓地站在原地等他道歉，结果只等来一句"我可不能死，死了世界上就少了个帅哥"。

讨厌的自恋狂！

而现在，这个自恋狂突然看起来很不自信。他的嘴角抽动着，似乎是想挤出个笑容，但屡屡失败。

最后他不笑了，板着一张脸对向悠道："我是真的喜欢你，不是开玩笑。我也不知道是从什么时候开始的，反正已经很久很久了。

"我没向人告过白，也不知道怎么说更好。我其实打算过两天再坦白的，还想着要不订一束花什么的，结果刚才脑子一热就……

"我本来背了特别多情话，但我现在一句也不记得了，就知道一句我喜欢你，特别特别喜欢你。"

向悠的脑子更蒙了。

见她一直没回答，孟鸥颓丧地塌下肩："你回去吧……"

向悠看着他，伸出双手："孟鸥，我们抱一下吧？"

她想确认一下那天的心跳，到底是因何而生。

这回换成孟鸥愣住了。

向悠见孟鸥没反应，正想放下手，突然看见眼前一道黑影袭来。

孟鸥像是心忧她又跑掉似的，几乎是撞了上来，生生把向悠扑得往后直踉跄，但腰际被他牢牢锁着，摇摇晃晃却又不会摔倒。

孟鸥很用力很用力地抱着她，紧得她有点喘不过气。

她又开始脸红心跳。

这是窒息的副作用吗?

向悠抬手推推他:"你松点。"

孟鸥乖乖松开了,就是总是控制不好度,松开得太多,彼此间生生让开了几厘米距离。

而向悠呆呆地望着他圆领 T 恤的边沿,看上面的走线,也看露出的半截锁骨,起伏跌宕。

她的脸更热了,心跳更快了。

她好像隐约有答案了。

向悠伸出手,认认真真地抱住他的腰,微微昂起头,下巴抵在她刚刚目光停驻的锁骨上。

"我也喜欢你呀。"

4

向悠最初感到变化,是在他们彼此确认关系后,往回走的路上。

其实这不是什么特别的事,他们两家有一段顺路,两人常常放学后一起回家。

肩并肩走个路,算什么大事儿呀。

但向悠就是觉得不自在。

不是那种让人恼怒的不自在,而是感觉手脚都不属于自己,心跳也乱了节奏,浑身的所有知觉被放大数倍,微风都刮成了台风。

可是,她只是走在走了无数遍的这条路上而已。

她身边同行的,也是一齐走了无数遍的那个人。

要非说有什么不同……

他是她的男朋友了。

孟鸥是她的男朋友了。

她是孟鸥的女朋友了。

他们在一起啦!

这个想法"噌"一下冒出来,给她的大脑搅了个七荤八素。

控制平衡的小脑没能幸免,她腿一软脚一歪,眼看着要往墙上"砸"去,胳膊被人一把抓住。

两人构成了一个不太标准的倒直角梯形。

向悠就这样歪斜着脑袋,仰头看他。

那一瞬其实很短,因为下一秒孟鸥就把她拉直了。但在向悠眼里,好像进入了子弹时间似的,被拉得很长很长。

稀疏的路灯没能照亮这处,他浑身上下,只有月亮从太阳那儿借了光,倒一手分了他一点。

那光很淡,朦胧地给他刷了一圈,而他那本就深邃的眼眶,更是彻底隐匿在黑暗里。

唯有瞳孔澄亮如星。

孟鸥将她拉直,问她怎么平地还能摔跤。

向悠突然不高兴了。

这种不高兴不是因为孟鸥开她玩笑,而是,这种乱七八糟的心情,原来只有她一个有吗?

但她也不好因此去怪孟鸥,不然显得太无理取闹。

她只是反手拍了下孟鸥,声音闷闷的,却还尽力装得轻快:"你才平地摔呢!"

话音刚落,身边的人不见了。

向悠瞪大眼往地上看去,孟鸥居然"咚"一下坐地上了。

"喏,我摔了。"孟鸥说着,揪了下她的衣角。

鬼知道孟鸥是什么脑回路,向悠本就站得不太稳,这一揪让她平衡尽失,徒劳地挥着手臂往地上倒去。

孟鸥还算有点良心,伸手在地上垫了下。

虽然他显然低估了向悠的重量,这一下把他砸得"嗷嗷"叫,还是他自找的。

向悠本来很气,但看孟鸥甩着手干号,她没良心地开心起来了。

她一边笑,一边说了句"活该"。

孟鸥是真的疼,生理性泪水都逼出了几滴,他就那样泪汪汪地看她,猝不及防地亲了她脸颊一下。

很突然,很短促。

就像天边稍纵即逝的流星。

两人坐在地上,隐没在阴影里,没有人会看到,但依然无法控制她狂跳的心。

空气静谧了几秒,孟鸥小心翼翼地看她,眼睛依然水汪汪的。

"你生气啦?"他轻声问。

向悠不说话,只是也眨巴着眼睛看他。

彼此对望了数秒后,突然默契地一齐别开头。

耳边响起两人努力压抑的羞涩笑声。

谈恋爱,好像并不无聊。

至少和孟鸥谈恋爱,还挺有趣的。

不管是害羞、幸福、开心。

还是生气、委屈、吃醋。

都有趣。

5

纷至沓来的回忆乌泱泱涌过去一大片。

于现在枯燥乏味的灰色人生中回看,那段日子被染得五彩缤纷。但是她隐约记得,那时候她也觉得烦闷,觉得痛苦,觉得压抑。

有和孟鸥执手狂奔的日子,也有被书堆压到直不起腰的日子。

倒计时每撕下一日,就像是丧钟多鸣一回。

可现在回忆起来,怎么什么都是好的呢。

再度回看眼前的孟鸥,向悠感到有些恍惚。

记忆里的孟鸥,是青春洋溢的、不羁洒脱的。风吹起他白T恤的衣角,他的笑容比正午的阳光更灿烂。

而眼前的孟鸥,说不出哪里变了,但总觉得有些不一样。

可能是稚气褪尽了,可能是眼神变了,可能是脸颊更加瘦削有棱角。哪怕他还是像从前那样,微微抬着下巴,垂眸似笑非笑地看她,可就是不同。

"喂。"孟鸥含笑屈指敲了敲桌面,"别话说一半跑去发呆呀,搞得我怪冷清的。"

"哦。"向悠呆呆地应道。

"郑老师跟你说什么了?"孟鸥试图接上那个话题。

向悠低下头,用银质小勺搅着逐渐变凉的咖啡。

她的声音也有些发闷:"就……问我现在干什么,在哪儿工作。"

"你怎么答的?"孟鸥问。

"如实回答了啊。"向悠觉得这个问题有点废话。

"还问了什么?"孟鸥的问题突然变得很多。

向悠搅咖啡的手顿了一下:"没有了。"

"没有了?"孟鸥反问。

"……没有了。"

孟鸥没再追问下去,举杯低头吸了口饮料。

向悠本能地也将杯子举起,还没碰嘴,莫名觉得同时饮用有种刻意的尴尬,只得又将杯子放低。

可就算她的动作再慢再轻,陶瓷杯碰到玻璃桌还是发出"当"的一声。

更尴尬了。

她撒了个谎。

相信孟鸥也看出来了。

那天的最后,郑老师问她:"你和孟鸥还在一起吗?"

向悠脸上的笑容僵了一下,摇摇头:"没有了。"

郑老师眼角微垂,看起来有几分惋惜:"有点遗憾啊。"

向悠没敢看郑老师,兀自看着风将落叶卷得飘飘扬扬。

"是啊,好遗憾。"她微笑着道。

好遗憾。

…………

"你们昌瑞的天气,真是比 A 市舒服多了。"

孟鸥放下玻璃杯,装作若无其事地开启下一个话题。

"什么叫'我们昌瑞'……"向悠小声嘟囔了一句,"我又不是昌瑞人。"

孟鸥被她这"清奇"的杠点搞得怔了一下,末了笑道:"不是你的,难道还是我的?"

就不能谁的也不是吗?一座城市又不像富士山,能被谁所私有。

但她想想还是没反驳:"好吧。"

孟鸥看了她两秒,继续道:"最近春天,你都不知道 A 市有多干,两台加湿器都快吹抽筋儿了,每天起床,脸上还是干得疼。"

向悠有点无言:"你是不是忘了,我也是在 A 市上的大学?"

空气陷入了静默。

孟鸥没话找话的行为被她毫不留情地戳穿了。

好在他脸皮够厚:"那你是不知道,今年比往年都要干。"

要不是这么厚的脸皮,他怕是在 A 市都待不下去。

向悠投降:"我确实不知道。"

大学毕业后,她就没去过 A 市了,太远,也没有必要。而且她还有充分的不去的理由:孟鸥在那儿。

因此,毕业后的两场大学同学聚会都被她给推了。

"你不知道的还多着呢。之前你们学校附近在建的那个剧院,去年年底终于完工了,你知道吗?"孟鸥道。

"就是那个'一年有三百天在放假,六十五天的工作日里还有完整双休'的工地?"

向悠说完才记起,这是孟鸥当初的评价,因为太形象,被她记了好久,一不留神就说出口了。

在向悠的大脑里,有一个区域记了很多这种废话,她没想记这些东西的,但大脑从不听她使唤。

知识背了就忘,这些话倒是听一遍就给锁到那个区域里,记得牢牢的。

在很多个瞬间,大脑会触景生情地调出一些话。

下大雪了,她的脑子会说:"老天爷有意让你跟我白头,打什么伞啊,给人家气得鼻子直呼气儿。"

然后就在这个时候,老天爷应景地呼了口气,把她的伞掀翻了。

向悠愤愤地站在原地,头是白了,但只有她一个人。

买到了难吃的食物,她的脑子会说:"一回生二回熟,谁让你不信邪来第三回,当然烂了。"

向悠搅了搅碗里糨糊一样的东西,想说别一天到晚乱用俗语。

跟谁说呢。

跟她那叛逆的大脑吧。

大抵记起是自己曾说的话,孟鸥会心一笑:"是,你还记着呢。"

也不知道是说记着什么,就当是指那个工地吧。

"我又没有健忘症……"那么大一个建筑工地,她每天在宿舍里晾衣服就能看到。

看了四年,四年都没什么变化,怎么可能忘。

"前段时间公司发了一张票,我就大发慈悲,去给人吸吸甲醛。"孟鸥道。

"神经病……"向悠小声道。

这人一天到晚就喜欢贫,真委屈他生在南方了,现在在A市也算是如鱼得水。

不过总打击人不好,向悠试图变得捧场点:"看了什么剧?"

孟鸥很贱地一扬眉:"你想看但一直没看得成的'大悲'(《悲惨世界》)。"

真是的!

干什么要给这种人捧场!

向悠不悦地一扁嘴。大学期间,有国外剧团来巡演"大悲",

一回她没抢得上票,还有一回恰逢期末周,想着自己岌岌可危的绩点,她还是放弃了。

而第二回孟鸥抢到票了,得知她没空,转手把票卖了。

考完最后一门后,他拿着卖票的钱请她去了私人电影院,放了场"大悲",勉强圆了她半个梦。

见她恼怒的样子,孟鸥更是看热闹不嫌事大地开始唱歌:

"Do you hear the people sing? Singing the song of angry lady……"

"你能不能别乱改词儿毁歌呀!"向悠没忍住在桌下踢了他一脚。

那一脚刚好踹到了小腿骨上,孟鸥疼得躬身闷哼了一声。

向悠心里有点过意不去,正想道个歉,就见孟鸥一抬头,却对着她笑。

就是从前那种特别贱兮兮的笑。

哪有人挨了打还笑的,更何况他一笑,就显得向悠的道歉特别没有必要了。

不道歉,向悠也不知道该接什么,只能发怵地望着他。

有一点不好意思,有一点不知所措,也有一点茫然。

慢慢地,孟鸥不笑了。他弯腰垂下手,稍微揉了揉那个地方,眉头皱得紧紧的,表情也有点严肃。

向悠不自觉地握紧了咖啡杯。

不过严肃只是出于疼痛,少顷后孟鸥放松下来,他喝了口饮料,喉结一滚,很耐心地等嘴巴里清干净后才开口:"其实也不是很好看,那是个新剧团,唱得不怎么样。"

"老剧团也是从新剧团过来的,多积攒点经验可能就好了。"向悠努力摆出一副放松闲聊的姿态。

"那不一定，有的剧团那是初登场就和别人不一样。"

这下是孟鸥把话聊死了。

向悠的拇指摩挲了下杯壁，纠结要怎么接。

但很快她便不用考虑了。

孟鸥给她抛出了个更难答的话题。

"你之前一直想看的那个剧团，不就是这样吗？"孟鸥顿了下，"听说明年他们又要来国内巡演了，首发站在 A 市，你还想看吗？"

Chapter 04 / "我的"
举世只有一枝的玫瑰

一个适合
聊天的下午

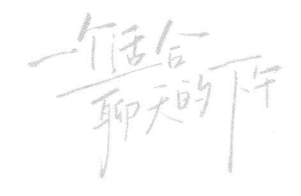

1

孟鸥的语气很稀松平常,仿佛他们是对普通的好朋友,甚至可能连朋友都算不上,就是一对在网上刚认识的音乐剧同好。

总之,没那么多过去,没那么多纠葛,很纯粹的邀请。

面对这样的邀请,向悠说不出自己是什么心情。

她只是很佩服孟鸥的坦然。

邀请送出后,孟鸥耐心地等待着。

那杯饮品只剩下三分之一,这会儿应该能少喝就少喝,否则杯子空了,也没有坐下去的理由了。

喝不了饮料,他就摸杯子。

那骨节分明的大手,握住整个杯子还有剩,他的拇指顺着杯壁的磨砂花纹,一格一格往下慢慢捋。

他的腕上戴了一块表,一半隐在衬衫袖口里,黑色皮带金属表盘,看起来很低调。估计不是什么叫人咋舌的大牌,只是大抵也不会太便宜。

就是像他这种还不算成功、但需要伪装成功,或者需要看起来很有成功潜力的商业人士,都应该拥有的一块中档腕表。

"A市……太远了。"向悠想了想道。

"我帮你打个'飞的',指不定还能白天去,晚上看完就回来。"

想必这位"成功人士",在商场上面对客户也这么考虑周到、高歌猛进。

"所以,坐飞机折腾一个来回,就为了看场'大悲'?"向悠哑然失笑。

"它不值得吗?"孟鸥反问。

像是有人用小锤在她天灵盖上敲了一下,向悠定住了。

值得吗?

不值得吗?

她喜欢这部音乐剧,也喜欢这个剧团。她从高中时就盼望着,从前的场次录像不知看了多少遍。

这些东西对一些人来说是爱好,对一些人来说,甚至可以上升到信仰。向悠当然达不到那种高度,但就算是爱好,这里面也分了个三六九等。她大概就是中档的那种,很喜欢,也不甘愿只是对着屏幕,愿意花钱花时间去现场,但并没有爱到可以为它抛下一切的地步。

大学时的一场期末就让她放弃了,而现在,似乎更没有去的理由。

她太忙了,工作和备考让她身心俱疲,她已经不像年轻时那样,有坐飞机到处玩的精力了。

想想有些可笑,她也才二十多岁,依然年轻,怎么就开始怀念过去。

所以,就算不是孟鸥邀请她,她可能也不会去。

向悠突然有点难过。

为自己难过。

"还是算了吧。"她笑得很礼貌,幅度不大地摇摇头。

孟鸥愣怔了一下,眼角弯垂下去,嘴唇几不可察地动了动。

若不是这个角落足够僻静,她怕是听不到那三个字:

"因为我?"

向悠抿了抿唇,以他们的关系来说,其实这个怀疑,倒也不算自恋。

要是从前真正自恋的孟鸥,一定会说……

罢了,不要再想了。

她还是认真面对眼前的这个孟鸥为好。

"没有。"向悠实话实说。

孟鸥突然松了一口气,苦笑了下:"我猜也是。"

"其实,我是挺想去看的,但是实在太忙了。就连像今天这样出来逛一逛的时间,之前的周日也不一定有。"向悠也不知道自己是怎么了,突然洋洋洒洒解释了一堆。

"辛苦了。"孟鸥的语气很认真,"还是之前的工作吗?"

"没有,我跳槽了。"向悠觉得氛围有点紧绷,故作轻松地笑了下,"涨了三千块。"

"厉害啊。"孟鸥颇为赞赏地点点头,"你这涨薪幅度了不得。"

"喊。"向悠笑着一撇嘴,"可别揶揄我了,涨得再多,哪比得上你们起薪就高的。"

"起薪高,那是因为消费也高啊。"孟鸥轻轻叹了一口气,"房租占去大头,再扣掉吃饭、交通这些最基本的,每月也不一定能攒多少。"

"那你还不是非要待在 A 市。"

向悠是笑着说的，用开玩笑的语气。她的心里也确实是想随意开句玩笑，没过脑子就说出口了。

结果说完了，好不容易热起来的氛围又冷了下去。

"你说得对。"孟鸥垂下眼，"我为什么非要待在那里。"

她没料到孟鸥会是这个反应，这个话题他们之前聊过，完全不是这样的。

一千天了，可能彼此心里都有了些亲身体验后的考量。

但是向悠没法顺着接下去，好多车轱辘话从前就吵过了，干什么隔这么久还让自己不痛快。所以，她反而替他找起了 A 市的好："开头可能不容易，等到以后立足了就好了。到时候拿了户口，不管是教育还是医疗资源，都不是别的地方能比的。"

"每年有多少大学生在那里毕业，有多少想留在那里。"孟鸥又开始一格一格地摸着玻璃杯，"……又有多少真的能留下来。"

这些向悠当然知道，早在大学时她就研究过了。甚至不是临近毕业才去琢磨的，而是大一刚入校，她就开始思考和打算。

"你不试一试，怎么知道你不是那一个。"向悠道。

孟鸥一耸肩："我试了啊。"

"……然后呢？"

两年多的时间，其实真不算太久，很多事都只是刚起步而已。

但也绝对不短。

孟鸥没说话了，他那张一向桀骜不驯的脸上，现出了少有的颓态。深深的眼窝藏住了他的眼睛，失去了光彩后，就成了一对幽暗的深潭。

"换个话题吧。"向悠打破了沉默。

她刚准备随便起个头,孟鸥突兀地开了口:"我是个特别好面子的人。"

乍一听有些牛头不对马嘴的一句话,但向悠知道他接下来要说什么。

他确实好面子,凡事都喜欢显一显自己。关于成绩也是,高中时,表面上看起来他成天不学无术,后面向悠才知道,他私下很用功。

只是这事儿他很难去控制,用功是用功了,但成绩还是忽上忽下。因此他装作对此完全不在意,这也是另一种层面上的好面子。

"所以,我要是就这么灰溜溜地回去……"孟鸥说不下去了。

似乎光是嘴上说说,都让他难以忍受。

"爱你的人,是不会在意这些的。"向悠很认真地安慰他。

很快,她看见孟鸥抬起眼,若有所思地看向她。

"是吗?"孟鸥的声音轻轻的。

"所以,你父母肯定不会那么想你的。至于其他不重要的人,干什么要在乎他们的想法。"向悠急匆匆地补充道。

"嗯。"孟鸥点点头,"我妈一直希望我回来,因为我是独子。我爸倒是让我就待在那里,回头买了房了,再把他们接过去。"

要说父母的意见,其实向悠家里也有分歧。她也是独生女,母亲总觉得她留在省里都算太远,巴不得她回老家。而父亲则是觉得,与其留在昌瑞这种高不成低不就的地方,还不如再往南走几步。

只是——

"那你自己的意见呢？"向悠问。

"嗐。"孟鸥感叹了一声，"都暂时稳定下来了。留着可能会后悔，真走了可能也会后悔。"

向悠"嗯"了一声。

既然他是这样想的，那他刚才说什么"为什么非要待在那里"？

她觉得自己的安慰有点浪费。

"要不……"孟鸥可能也意识到不对，伸长胳膊，屈指轻敲了下她那侧的桌面，"就像你刚刚说的，换个话题呗。"

"换什么？"向悠已经忘了自己刚才想开哪个头了。

"随便聊聊啊，最近有什么好看的书吗？毕业后我好像只看工作方面的书了。你原来不是很爱读小说吗，有没有推荐的？"孟鸥语气轻松地开启了新话题。

不过显然，开启得很随意，一看就是他绞尽脑汁现想的。

他这一说，向悠才意识到，她也差不多。看的书不是工作方面的，就是考公方面的，难不成给他推荐一沓粉笔？

"那个……"向悠干笑了两声，"要不你再换一个话题？"

孟鸥怔了一下，"扑哧"笑出了声。

"怎么我的文学小才女，也被万恶的工作摧残成这样啦？"

向悠的心蓦地漏跳了一拍。

我的。

2

哪有人一千天还没改掉口癖的，向悠有点不满。

不满于这种已经不符合他们关系的亲昵称呼。

也不满于她不自然的反应。

而且这个称呼一开始,其实是用来揶揄她的。

高二时分,班里很流行传阅各种玛丽苏小说,剧情浮夸,但读起来莫名很解压。

那时候两人不是很熟,但孟鸥没事儿就喜欢往她那儿凑。要是安安静静待着就算了,但不行,他还喜欢动手动脚——

对她的课桌。

向悠买了一支新笔,他也要摸过来看看,笔尾挂了个玩偶,他非得当拨浪鼓似的摇摇。明明是拔盖的,他个没见识的,当成按压的按了两下,结果生生把笔尾的装饰物按断了。

向悠气得追着他打,那支笔她一个字都没舍得写呢!

后来,孟鸥给她赔了一整盒一模一样的笔。但她还是不开心,她就是觉得自己当初在一整排一模一样的笔里,精挑细选出来的那一支最好看。

至于向悠桌上摆的什么试卷和作业,他当然也要拿来看看。

写得好了,说一句"向大学霸真厉害啊"。

写得不好了,说一句"你怎么不能给老师的红笔省点墨"。

反正不管好不好,他就得阴阳怪气几句。

向悠心情好的时候,一般懒得和他计较,还会反过来回怼。

但也有心情不好的时候。

有次向悠几门功课"全面开花",刚被老师训了一顿。而孟鸥不知道这件事,他屁颠屁颠地跑过来,拿起一张满是红叉的试卷,笑着道:"嚯,山丹丹花开红艳艳啊。"

向悠红着眼睛瞪了他一眼。

孟鸥的笑僵在脸上,没来得及多说什么,就看到向悠起身冲到了他的座位前,在一众人的注视下,她抓起他桌上的试卷和作业,"哗啦啦"撕了个粉碎。

周围的人都惊呆了,目光不断地在两人间睃着。

所有人都觉得向悠胆子很大,因为本质上来看,孟鸥并不是一个好惹的人。

他和人打过架,也拍着桌子和人吼过,看起来吊儿郎当很好说话,一旦触及底线,比谁都凶。

不过他们不知道的是,他两次和别人发火,其实都是因为向悠。

总之他们一会儿害怕地看着孟鸥,避免自己被波及;一会儿担忧地看着向悠,想着她怕是要倒霉了。

但最终他们看到,孟鸥低垂着眼,低三下四地给向悠道了个歉。

而向悠没理他,板着脸写作业。

最终,上课铃打断了孟鸥喋喋不休的道歉求饶。

其实逐渐冷静下来后,向悠也有点过意不去。孟鸥嘴上贱,做事倒是不赖,会笑她错得多,可也会很认真地给她讲题。

甚至有些题目她都不知道已经错过好几次,而孟鸥记得清清楚楚,连她前几次的错误答案都还记着。

但是,她还是不想道歉。

孟鸥的嘴实在是太气人了!

后来,孟鸥花了一节语文课的时间,把所有试卷和作业都粘好了。

语文老师不爽他明目张胆做小动作,喊他起来背课文。

孟鸥一边背,一边手里还动作着。

于是静悄悄的班级里,大家听到的是这样的。

"哗啦!"他撕开一截胶带,背一段课文。

"哗啦!"他又撕开一截胶带,又背一段课文。

课文只字不差地背完后,语文老师觉得暗示不行,得明示。

"孟鸥,你在干什么呢!"

"报告老师,我在粘语文试卷。"从各科试卷里,孟鸥小心翼翼地拎起一串粘了一半的语文试卷。

"你的试卷怎么这样了?"老师惊得都忘了批评。

"被我妹妹不小心撕坏了。"当着一众知道真相的人,孟鸥脸不红心不跳地撒谎。

语文老师目瞪口呆,一时都忘了试卷是今早刚发下来的。

而那个所谓的"妹妹",愤愤地睨了他一眼。

下课后,孟鸥又来找"妹妹"道歉。

向悠不爽道:"我才不是你妹妹!"

"那……"孟鸥眨了眨眼思考着,"你当我姐姐?"

"我也不要当你姐姐!"向悠反驳道。

"那你当我小姑奶奶总行了吧。"孟鸥举双手投降。

向悠一边觉得占了便宜,一边又觉得没有。

谁要和孟鸥攀亲戚呀!

"我是你大姑奶奶!"向悠一边说,一边将他往边上推推。

"哎,大姑奶奶好。"孟鸥死皮赖脸地喊她,又挪了回来,"大姑奶奶就原谅……完了,我顺不过来这个辈分。"

向悠板着脸看他,半张着嘴想笑他无知,结果发现自己也顺不过来。

最后,千言万语都化作了一句:"烦死了!"

"大姑奶奶可不能死,不然我会伤心的。"孟鸥又开始胡言乱语。

"你别这么叫我了!"向悠头一次被人喊"姑奶奶"还这么生气,"我原谅你行了吧!"

"好嘞！"孟鸥笑得眼都眯了缝。

连笔和试卷都不放过,那些闲书当然也逃不过他的眼睛。

又是一天过来讨打的时候,孟鸥眼一低,从向悠的桌肚里揪着书角,用力把书抽了出来。

"《恶魔××爱上我》……"孟鸥用一种非常欠抽的语气念着,"这是跨种族恋爱呢。"

"还给我！"向悠觉得丢脸,用力地把书抢了回来,"他、他是人！"

"那有什么意思啊。"孟鸥故作失望地一叹气,"还以为你要当'恶魔公主'呢。是不是跟吸血鬼一样,咬一口就化身恶魔了？"

"都说了他是人！跟你一样的人！"向悠气得用书敲了下他的脑袋。

"跟我一样？"孟鸥这个关注点"清奇"的家伙。

"我呸！"向悠瞪他,"他比你好一万倍。"

"这么好呢？"孟鸥双手向她摊开,"恶魔公主,让我看看,学习学习。"

人比人得死,货比货得扔。

向悠觉得他是该看看检讨一下自己,于是也忽视了"恶魔公主"的称呼,把书递给了他。

"'可恶的恶魔王子,居然该死的这么帅！那高贵的头颅上,有着一双狭长迷人的眼'……"

看的时候不觉得,怎么被孟鸥念出来,就这么恶心呢。

"你学不会的,给我吧。"向悠二度把书夺回。

结果一抬头,看见孟鸥在对她笑,眼睛弯弯嘴角弯弯,又假又油腻的那种笑。

"你干什么呢?"向悠不解。

孟鸥一边笑,一边敲了敲还没合上的书。

向悠低头看去,轻声念着:"'见到我,恶魔王子摆出了他那让无数少女魂牵梦萦的招牌式微笑:性感的嘴唇微微抿起,向来高傲的双眼微微弯曲,那是一种只对我展现的温柔,就像这样'……嗯?"

书里是这么写的——

"就像这样:(o^_^o)。"

是的,这些书里通常会有很多的颜文字。

但是,这个表情看起来一点也不迷人啊!

向悠的少女梦破碎了,结果一抬头,她还看到了同款笑容。

嗯,孟鸥模仿的根本不是那一大段话,而是那个颜文字。

"送你了!"向悠把书往他脸上拍去。

托孟鸥的福,她再也不想看这本书了!

孟鸥是个礼尚往来的人,过了几天,他给她又送了一本书。

"《恶魔大人驾到》?"向悠茫然地读着书名。

"你不是喜欢恶魔吗?"孟鸥道。

喜欢个屁啦!

从此以后她看到"恶魔",就只会想到傻笑的孟鸥。

不过毕竟是礼物,她没好意思嫌弃得那么明显,收是收了,但是一页也没看。

某天,向悠一个人在露台上背着单词。

她正跟一个怎么都背不下的单词较劲时,眼前忽然洒下一片阴影。

"啪"一声,孟鸥抬手给她来了半个"壁咚":"向小悠!从此以后我就是你的恶魔王子。"

向悠站在露台的角落里,一侧是墙,一侧是竖条的围栏。

她被吓得手一抖,单词书应声落地,偏偏滚了一滚,从围栏里掉下去了。

"神经病啊!"向悠抬手推开他,转身往楼下冲去。

孟鸥呆呆地站在原地,背着的那只手攥着一枝玫瑰,还没来得及送出去,就被无意识地折成了两半。

那天因为捡单词书,向悠上课迟到了,被老师说了两句,而孟鸥也很自觉地过来找她道歉。

就是道歉的话让人听着不太爽:"你不想我当恶魔王子,那你当好不好?"

"我要是恶魔王子,我一早把你扔垃圾桶了!"向悠睨他。

结果,孟鸥的眼睛转了一圈,盯上了她放在桌上的迷你垃圾桶。

向悠来不及阻拦,就看见他拿起巴掌大的垃圾桶,反手倒扣在了自己头顶上。

在那个垃圾桶里,装的全是橡皮屑、铅笔屑、碎纸片之类的东西。

很多年后回想起来时,向悠感到了一种迟来的心动——

一堆碎屑"哗啦啦"落在少年俊气的脸上,长睫毛缀了好多东西,他难受得一边眨眼睛,还一边对她笑:"我掉进垃圾桶里了,你要不要把我捞出来?"

但是在那时候的向悠看来,他脏了不要紧,重要的是,他把她桌旁的地面也弄脏了。

"你有病呀!"向悠真的觉得这个人的脑子有问题。

她拿回垃圾桶,低头开始捡垃圾,却发现垃圾越捡越多,全是从孟鸥身上掉下来的。

"你好脏,离我远点。"向悠抬手推他。

结果孟鸥一把扣住她的手腕,举到了自己脸的高度:"别光捡地上的啊。"

向悠看着他脸上粘着的几片碎纸屑,没好气地对着他的脸拍了一下。

纸屑被震得纷纷扬扬往下落,向悠赶忙拿垃圾桶接着,耳边传来了一声开心的"谢谢"。

真奇怪。

这个人是这么这么地讨厌。

但是向悠没法真的讨厌他。

直到后来,高考后的那个暑假,向悠整理着自己三年来的书,要丢弃的纸箱里填得满当当的。

她摸出了那本一页都没看的《恶魔大人驾到》。

当时就不喜欢,现在更不可能喜欢了,但在丢之前,她还是随手翻阅了一下。

从里面翩然飞出了一张字条。

你愿意成为我的恶魔公主吗?

没有落款,但一看就知道是谁写的。

一手龙飞凤舞、乱中有序的漂亮行书。

"愿意呀。"时隔一年,向悠甜甜地隔空回答道。

她在很多故事里看过这种桥段,迟来的告白,无法弥补的遗憾。

还好他们之间没有遗憾——

至少在那时候是这样的。

她将字条好好地保管在抽屉里,又回头看了眼这本书,反正漫长的暑假很无聊,随便看看里面写了什么吧。

虽然越看,她越觉得真是幼稚,当初自己怎么会喜欢看这个呢,向悠想不明白。

直到她读到这一段——

我被恶魔大人一路逼到了墙角。

恶魔大人一抬手,几乎要震碎整张墙,我被困在他的怀抱里,心"扑通扑通"跳个不停。

"米小洛,从此以后我就是你的恶魔王子!"恶魔大人带着不容置疑的口吻宣布道。

而后,他从背后取出了一枝名贵的玫瑰。

那是来自他家的山庄里,培育了几十代后才出了一枝的极稀有品种。

"噗……"向悠忍不住笑了。

难怪那天她飞跑开时,余光里好像闪过一抹红。

是不是几十代才出一枝的稀有品种呀?

不是的话,她可不要哦。

后来,向悠将书放回了书架上。

那花里胡哨的封面,摆在一堆工具书与世界名著里,显得是那么格格不入。

而向悠每每往回看的时候,孟鸥也是那么一个特别到格格不入的人。

就像那举世只有一枝的玫瑰一样。

3

心是"怦怦"跳的,面上的波澜不惊倒是装得还不赖,向悠捧场一笑:"是啊,都怪工作,要是能回到学校就好了。"

一场可能迎来的尴尬被巧妙化解,孟鸥也松了一口气。

他顺着道:"从前你不是还说,最讨厌学习吗?"

向悠确实讨厌学习,但也没有一刻不用功学习。她就是那种没有天赋的努力家,每天起早贪黑背书做题,背完高考背期末,背完期末背四六级。

她的努力,换来了与之相匹的结果。可仅仅是相匹,没有一丝奖励的盈余,让她有点沮丧。

大四那年,考研的风还没有如今这么大,她本来已经买了几本考研的书,但某天突然不想干了,她不要再背下去了。

她一头热地扎进了秋招的浪潮里,顺利上了岸。结果发现岸上狼藉一片,乃至于岸上有岸。

回头她就买了一堆考公的书,不就是背书嘛,从小到大她最擅长——又或者说只会这个。

然后败在了面试上。

面试其实也是有模板可以背的,唯一的遗憾,是她面对的不是白纸黑字,而是和白纸黑字一样冷漠,但胸口好歹有东西在跃动的人。

而孟鸥就不太一样了,他也用功,但他的用功看起来很轻松。虽然对于他这种好面子的人来说,很可能是一种装出来的轻松,可他至少有余裕能去装。

两人在不同的大学,一般每周都会见一次。有时候是吃吃逛逛聊聊,有时候是约在市图书馆自习,或者也会开间房写作业。

除了写作业或许还会干别的事，但作业多起来，那就真的只是从头写到尾，离开时床尾巾都平整如新。

在朋友眼里，向悠是个总是温温柔柔地笑着，好像永远沉浸在自己的世界里，脾气很好的一个姑娘。

但是面对孟鸥时，她有数不尽的抱怨。

"那个老师好讨厌，他都没有讲过这个知识点，我怎么写作业吗。"

第二年了，她还是没能习惯，课上讲的和课后作业常常没有关系这件事。

向悠开心时，孟鸥会故意逗她。而向悠不开心了，孟鸥多少懂得适度的道理。

他丢下手里的笔，凑上前看她的作业。

两人不是一个专业，他自然也不会写，但他懂得怎么搜集资料。专业虽然不同，好在很多学习的方法是贯通的。

孟鸥会耐心地教向悠怎么找资料，也会把自己的理解说给她听。

其实向悠都懂的，她就是想抱怨两句，还想看孟鸥认认真真的样子。

向悠单手支着下巴，安安静静地听他说。

可能因为眼睛老是看他的脸，也可能是眼神出卖了她，最终，孟鸥猝然停住讲解，拍了下她的后脑勺。

力度不大，但向悠虚托着的那只手没撑住，额头"咚"一下砸上了桌子。

"你干什么！"她的头还没抬起来，抱怨先冒出声。

"骗我是吧向悠悠。"孟鸥干脆按住她的后脑勺，不许她抬头，"浪费我感情。"

"我骗你什么啦！"向悠强词夺理，伸手拧了下他的大腿。

孟鸥闷哼了一声，突然不说话了。

他手上的动作还没收回，往上头是抬不起来的，向悠只能费劲地将头转向一边瞪他。

然后她看见，孟鸥的脸猝然在她眼前放大。

下一秒，他吻住了她。

他的手依然把着她的后脑勺，只是收了力道，变成了一种爱抚。

在她的视野里，世界被水平分割成两半，一只眼睛容纳桌下的黑暗，一只眼睛容纳顶灯的明亮。

连带着孟鸥的脸也变得明暗交错。

深深的眼窝里，一半更为深不可测，一半则能瞥见睫毛的温柔颤动。

这个吻刚刚开了头，孟鸥便略微退开些许，从霸道的相抵，变成了说话时偶尔的交错。

"悠悠，为什么不闭上眼睛？"他的声音无意识地压得很低。

向悠眨着一双大眼睛，看他的睫毛："你怎么知道我没闭眼睛，说明你也没有完全闭上。"

"因为你不专心，肯定又在偷看我。"

孟鸥把手收回，盲人摸象般摸她的脸，稍显粗粝的指腹从她的脸颊一路向上蹭去，极为温柔地抹下了她的眼皮。

而后那双手就没再收回了，任凭向悠睁得再大，看到的也是一片黑暗。

视野被剥夺，其他感官便被齐齐放大。

那是很温柔的一个吻，小心翼翼，蜻蜓点水。她整个人好

081

像也软了下去,成了一潭无处依附的水。

直到——

孟鸥故意轻咬了她一口。

咬完孟鸥就撤,脚一蹬,滚轮转椅带着他飞开老远。

向悠还没习惯光明,也没习惯这猝然消失的吻,她蒙蒙地看着远处窃笑的孟鸥。

孟鸥笑着笑着,不笑了。

因为她懵懂的表情,在他的视角看来,是有点难过的。

他想着自己是不厚道,打算给人赔个不是时,就见到向悠瞪大了双眼。

他怎么又忘了,向悠的反应是比别人慢一拍的呢。

"孟鸥,你有病呀!"向悠高举着手,气势汹汹地向他跑来。

孟鸥当然得躲,可怜大床房就这么大,他"噌"一下飞上床,打了个滚从另一边下去了。

向悠本能地也爬上床,但她滚得没有孟鸥那么利索,躺在中间时一看,孟鸥已经站在了她刚刚的起点,神情懒散地等她。

他这副无限逼近挑衅的模样,让她更气了。

她追不过,骂不过,但她有一招赖的。

她抓起枕头往脑袋上一蒙,"呜哇呜哇"就开始哭。

这招绝对对孟鸥有效。

他被这招骗了一万次,但是第一万零一次,他还是会毫不犹豫地上当。

他说他没办法,他认栽了,就算他骗得她假哭,那也是他的不对。

果不其然,孟鸥赶忙往她旁边一躺,双手小心翼翼地环着她,跟她道歉。

才说两句话,向悠丢下了脸上的枕头。

孟鸥有点哭笑不得:"向悠悠你过分了啊,这回别说眼泪,眼睛都没红啊。"

向悠不说话,双手抱住了他的脑袋。

孟鸥知道她要干什么,也不反抗,乖乖闭上眼。

向悠长了对和她的乖巧模样很不符的虎牙,她一咬,彼此的嘴里都泛开一股铁锈味。

孟鸥眉头微微皱了下,眼睛还是闭着的,只是环着她腰际的动作更紧了些。

向悠有点紧张,犹豫要不要咬第二口。

她还在思考的时候,孟鸥已经主动蹭了上来。

这回,一切都很好。

温柔的、绵长的吻。

她能感觉到孟鸥的睫毛在微微蹭着她的脸,每一次不规律的颤动,都是一段急促的心跳,带起了另一段心跳的共鸣。

结尾时也很好。

向悠不知何时也环上了他的腰,彼此无限温存地对视着。

要是孟鸥没有说话就好了——

"其实,刚刚最后一下,我本来想再咬你一口。但我忍住了,我怕你又哭。"

向悠的微笑僵在脸上,并且越来越僵,最后嘴角下撇,眼一眨,真掉出了一滴泪。

"孟鸥,你好讨厌啊!"向悠撕心裂肺地控诉,"你破坏我美好的幻想!"

这回她是真哭了。

吻多少下、抱多少下、挨多少下打也哄不好的那种。

向悠真的很难过,她以为是个美好的吻,原来只是一个没完成的恶作剧。

但孟鸥不知道她的想法,他刚刚的确全情投入了,最后想逗一逗她也是一种自然流露。

他没那么闲,只有对喜欢的人,他才会孜孜不倦地讨打。

小男生爱玩的把戏,幼稚如他一直到大学还没腻。

至于工作后会不会,他不知道。

因为他已经失去了那个想去讨打的人了。

4

"上学时讨厌学习,工作后讨厌工作……"向悠略略塌下腰,双手松垮地环握着咖啡杯,"人生总是如此吗,永远要做不喜欢的事。"

"Always like this."

孟鸥念起英文时,咬字和中文有点区别。

说不上什么标准的英音美音,和常见的中式口音也不太一样,大抵是独属于他自己的,有点鼻音,音调还低了一度,生生念出了法语的味道。

向悠怔了一下,才意识到他在学《这个杀手不太冷》里的经典台词。

想来工作以后,别说书了,连电影她也不怎么看了。只是偶尔有空会去电影院坐坐,选的多是不用动脑子思考的电影。

比起看电影,她更享受在电影院坐着的感觉,空调的温度刚刚好,影厅空阔而黑暗,连投影的"沙沙"声都是那么迷人。

当初看黑帮片都能睡着的她,更何况看这些无聊的合家欢电影,但花几十块买上一两小时的舒适睡眠,其实也不能说亏,不是吗？

《这个杀手不太冷》她初中时就看过，大学时又和孟鸥重看了一遍。

只是现在的她，肯定没有心思看这种电影了，想来刚刚婉拒的那场音乐剧，也确实没有去的必要了。

她才不要在自己喜欢了很多年的音乐剧上睡着。

好丢脸，好讨厌，好不能接受。

她宁愿永远不要去，永远保留心底那块自认为年轻的地方。

那次突发奇想看《这个杀手不太冷》，是因为孟鸥说她打扮得像是玛蒂尔达。不是经典的抱花盆那段穿搭，而是她刚好剪了个短发，又穿了件条纹T恤。

那段时间流行这种一刀切的短发，学校里雨后春笋一般冒出了好多短发姑娘。向悠的室友成天撺掇她去剪，说她的脸肯定合适。

向悠拨了拨自己留了很多年的长发，觉得趁着年轻，是得多试试新风格。

结果这一试，还不如不试呢！

她精心找的理发店只是广告打得好，技术水平一塌糊涂。说好的头发长度齐着下巴，结果理发师一刀下去齐了嘴唇，刘海也没盖住眉毛。

她性子软，不满意又不好意思和人吵架，委屈巴巴地付了半个月生活费。

等她一回宿舍，果不其然被舍友们笑了一顿。大家都没恶意，但向悠的不开心是实打实的，一晚上都没睡好。

刚好第二天就是周末，她和孟鸥上周分开时，就定了这周见面。她本来还想给他一个惊喜，现在大抵只剩惊吓了。

085

一早,向悠便在纠结要不要找个理由,干脆不去了。但想想头发又不是一两周就能长长的,难不成一直不见面。

想到最后,她横下心来。

丑就丑吧。她可以丑,但孟鸥如果笑她,那他就死定了!

走在路上,她给自己做了无数的心理建设。只要孟鸥敢笑她一句,敢有一个眼神不对劲,那就分手!分手!坚决分手!

虽然,要是昨天对着理发师有这股子狠劲就好了。

一路上,每个路人的目光和笑意,向悠都觉得是冲她而来。她从来没有如此"自恋"过,以至于全程低头步伐匆匆,咬着嘴唇才没有掉出眼泪。

偏偏那天,孟鸥打扮得还挺好看。

头发被风吹得有些乱,露出大片光洁的额头。防风外套下穿着条工装裤,粗略一数可能有"八百八十八"个口袋,裤腿上"时髦"地绑了对皮带,裤脚堆在马丁靴上。

当然,万年的一身黑。

向悠在百米之外见到他,深吸了一口气,在心里默念了三声"分手",才鼓足勇气朝他走去。

她一边走,一边想着孟鸥等会儿要怎么笑她。

是说她像西瓜太郎,还是"跟风拍童年对比照试图还原幼儿园发型的不出名网红",随便啦!

五十米、十米、五米……

到了可以对话的距离了。

她看见孟鸥一抬手,笑得特别阳光:"哟,玛蒂尔达怎么跑中国来了。"

"嗯?"向悠怔了一下。

玛蒂尔达那么漂亮……应该不算是嘲讽吧?

夸奖来得有点突然，向悠暂时没反应过来。

她垂下眼，就看见各带着"四百四十四"个口袋的两条腿，交错向她走来，略略跨开站在她面前。

孟鸥弯下腰，很用力地抱住了她。

向悠一路上都没哭，偏偏被人夸了一句，就在对方的怀抱里不可自抑地大哭起来。

这次，路人的目光是真的在看她了。

孟鸥没问一句为什么，很温柔地抚着她的背。

向悠一边哭，一边好奇地解开了他裤腿上的那对皮带。他的大腿瞬间粗了一圈，连在裤子上的皮带松垮垮地缀着。

孟鸥有点无奈地低下头，晃晃腿，皮带"叮当"作响。

"还有一个，到没人的地方再解。"他将头埋到她肩上，压低嗓音道。

…………

不过，还有一个不是皮带，而是松紧带，比皮带要好解得多，一抽就松开。

伴着一声轻响，房门被阖上，室内静到只余彼此的鼻息。

有什么东西如潮水般褪下，又有什么如潮水般涌来。

向悠环抱着孟鸥坚实有力的背，指甲抠出一道道红痕。

但从她的角度，她看不到那些红痕，直到他抱着她进浴室，她的目光在镜子上多停留了一会儿。

孟鸥回过头去，意识到了她在看什么。

他很轻松地坐上了盥洗台，宽幅的镜子里，一览无遗地照着他的背。

而后他躬下腰，一用力将她抱起。

她一声惊呼，本能地用双手环住他的脖颈。

膝盖抵在冰冷的大理石台面上有些疼，但心脏的狂跳，已经让她忘却了这些微不足道的感知。

后来向悠慌张得要死，她一边觉得快乐，一边又觉得这种快乐太过了，她不想要这样。

于是她把这个想法加了十八层密，告诉了孟鸥。

孟鸥瞬间理解了，他说好，你喜欢什么样我们就什么样。

"那你喜欢什么样？"向悠鼓起勇气问道。

那时候孟鸥已经穿上了他那有"八百八十八"个口袋的裤子，这次，向悠帮他把皮带扣了回去，他紧实的大腿肌肉被微微勒起。

"我？"孟鸥难得老实地坐着，一动也不敢动，方便向悠扣皮带。

"嗯。"向悠埋着头，一边扣一边应。

"我喜欢你开心。"孟鸥说。

向悠顺利扣好第二个，她捏着皮带，双指一路滑到尽头，没肯松开。

她就盯着那皮带看，也可能是想给自己的目光找个歇息处。

孟鸥半天没等到回答，很温柔地"嗯"了一声提醒她。

向悠终于有动作了，她拽着皮带往自己那处拉去，孟鸥很上道地抱住了她。

和孟鸥的直白不同，好多话她说不出口。

她只知道用行动来表达。

比如现在抱着他的意思，就是她好爱好爱孟鸥，爱得不得了。

过了大半年，等到向悠的头发齐肩了，孟鸥才敢和她说实话。

其实那天,他第一眼看到她的时候,是很想调侃一句。但见她眼眶都红了,他最后还是没忍心。

每次他逗她,从来不是为了让她哭,如果知道真的会惹哭她,他是绝不会开口的。

过了这么久,向悠的心情已经很平静了,她拢拢自己长长的头发,问道:"那你那天,本来是想说什么?"

"为推广自家厨具,非常敬业地顶着口挖了个方块的黑锅的营销大使。"孟鸥的嘴还是一如既往的毒。

要是当时说出口,向悠一定义无反顾地和他分手。

指不定分手前,还要给他的"八百八十八"个口袋都扎个洞!

但时隔这么久了——

居然听来还是很气!

"去死吧!"向悠气鼓鼓地踹向他。

孟鸥一边坏笑,一边装模作样地躲了躲,挨了结结实实的一脚。

他撒了个谎。

其实那天,他想起了向悠曾给他看过的童年照,照片上的小姑娘穿着纱裙,留着大差不离的发型,对着镜头笑得一脸纯真。

不是什么"营销大使",是"如果当年在幼儿园看到一定会心动",是"无数次感慨要是在那时候就遇到你该多好"。

是"好在现在实现了梦想也足够幸运"。

Chapter 05 / 有点想你

你真的不愿意回来了吗？

一个适合聊天的下午

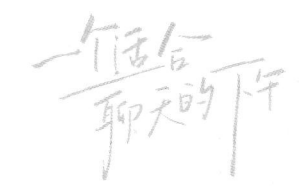

1

现在想想,人生一直是苦乐参半的,有讨厌却不得不面对的事,但也有令人澎湃欢欣的快乐。

虽然越是快乐,物是人非后再回味,就越是难过。

就像——

向悠低下头,望着杯里只剩个底的咖啡。

她拿着勺子徒劳地搅了搅,金属勺子碰撞在陶瓷杯上"当当"作响。

这声响令孟鸥不由得被吸引,盯着她见底的咖啡杯道:"再来一杯?"

"不要了。"向悠摇摇头,"我怕晚上睡不着,明天还得早起上班呢。"

"这样。"孟鸥轻声笑笑,"那我和你相反,我得赶红眼航班回去,今晚要在机场过夜了。"

向悠忍不住看了他一眼。

什么公司啊,抠门到给员工买红眼航班。

喊，就这种公司，还有人愿意待着。

一堆很奇怪的想法"咕噜噜"冒了上来。

好在这会儿她嘴巴闭得很紧，一个字也没有漏出去。

其实当年在 A 市读书时，向悠也没少坐红眼航班。

偶尔她甚至还买过那种转机的，直飞也就两三个小时，转机能折腾上快一天。

但对于她家的条件来说，动辄上千的机票确实不便宜，反正那会儿她是学生，最不值钱的就是时间。

而孟鸥的条件比她家稍微好点，差不多是买上千的机票不必犹豫的水平。

也就是超出的这点，能让他义无反顾地留在 A 市。毕竟他背后的支柱，必要时能伸出援手。

虽然这只手也能顺带着帮到向悠，但她不想把自己的人生托付在别人手上。

要说她不相信孟鸥，倒也不是，但有很多事情，不是单纯的信任或爱能厘清的。

当时为了陪着向悠，孟鸥常常是表面一套背后一套，买了直飞机票给父母发个订单截图，回头就改签成和向悠同一班的。

他们在机场度过了很多日子。

在白天人来人往，到夜里人依然不少，但显然和白天状态有别的候机大厅里，他们会猜哪班飞机晚点，也会猜大家是要坐飞机去干什么。

从很小的时候起，向悠就喜欢发呆——

在别人眼里是发呆，但她其实是在观察人。

所以在猜人这方面，孟鸥稍逊她一等。

由于没法真的去证实，因此大部分时候，胜负都是看彼此心情来定的。大部分时候都是判向悠对，偶尔向悠也会"大发善心"，承认孟鸥对几个。

每每判向悠对，她都会高兴到眼睛眯起，为这种微不足道的胜利乐个不停。

而孟鸥也会难得地给她捧场："败给你了，快告诉我，你是不是辅修了刑侦专业？"

"哼哼。"向悠故意皱眉打量他，"老实交代，有没有瞒着我什么？"

"有。"孟鸥答得异常爽快。

向悠的表情僵了一下："瞒了什么？"

孟鸥放松地往座椅上一靠："你不是会看人吗，你猜咯。"

向悠有点着急了。

她盯着孟鸥左看右看，可无论怎么看，就是那张常常面对着的、贱兮兮的帅脸。

瞒着什么呢？

情侣之间的隐瞒，无非是一些爱情上的背叛。

向悠的脑子乌泱泱飘过一堆猜想，一个比一个糟。

她越想越难过，下一秒就要说"分手"时，突然见到眼前递来一个又宽又扁的盒子。

"瞒着了……这个？"向悠茫然地指了指放在腿上的盒子，泪花还在眼眶里打转。

"嗯。"孟鸥用纸巾帮她按掉了挂在睫毛上的眼泪，"怪我嘴贱，惊喜没了。"

那是一个生日礼物，向悠的生日就在第二天。

不过，按零点来划分，其实她的生日已经到了。

托孟鸥的福，她是用眼泪来迎接这个生日的。

盒子里放着一张黑胶唱片,来自一个她喜欢的乐队,是孟鸥辗转海淘了半年,终于拿到手的。

向悠觉得自己应该开心一点,又觉得应该说声谢谢,可是她根本控制不住,眼泪"扑簌簌"地往下掉。

"悠悠,我错了,我真的错了。"刚刚的纸巾是最后一张,孟鸥只能用拇指帮她一遍遍地抹,"我以后不和你乱开玩笑了。"

为了方便擦眼泪,他的双手整个儿捧着向悠的脸。

她的脸很软,还带着少许没褪尽的婴儿肥,被挤成一个可爱的形状。那些泪水就顺着孟鸥的指缝往下滚,滑过手腕,带着温热的痒。

"你真没瞒着我别的吗?"

因为自己的脑补,向悠已经难过得不得了了。

这话本来应该是质问,染上哭腔后,显得有点可怜。

"没有。"孟鸥的表情也认真起来,"在感情这件事上,我就瞒过你一回。就是和你告白之前,没有第一时间告诉你我喜欢你。

"然后就再也没有了,现在没有,我保证以后也不会有。

"其实我很想说我会爱你一辈子这种话,但是我怕你觉得太假。那我和你保证,只要和你在一起一天,我就会忠诚你一天。"

向悠意外收获了一份真情告白。

她眨掉眼泪,突然咧嘴一笑道:"孟鸥,我骗你呢!"

"啊。"这下,轮到孟鸥愣住了。

他收回手,整个人看起来很沮丧:"向悠悠……你真骗到我了,知不知道我刚才有多紧张。"

"好吧。"向悠还是比不过他,一秒就袒露了真心,"其实我刚刚没有骗你,我是真的难过。"

然后因为想要开个玩笑来扳回一城,结果自己没坚持一分钟就承认了,好像更难过了。

孟鸥盯着她看了两秒。

"不管你骗没骗我,我刚刚说的那番话,都是真心的。"

向悠想要感动一下,但念及兵不厌诈,她道:"那你这句话是真的吗?"

看样子,对方变聪明了。

孟鸥无奈一笑:"是真的。"

"这句也是真的?"

"真的。"

"那这句呢?"

"还是真的。"

"那……"

"向悠。"孟鸥打断了她,"不管我之前跟你开过多少玩笑,在我喜欢你这件事上,我绝对不会骗你。哦,对了,这句也是真的。"

向悠盯着他看了好一会儿。

那黑黢黢的眼睛看似深不可测,实则清澈到一眼见底。

其实,要辨别孟鸥有没有撒谎很简单。

至少每一次,他认认真真地喊她全名的时候,都是真的。

没有例外。

她不知道孟鸥有没有意识到,她已经发现了这个规律,当然也有可能,这是孟鸥故意提醒她的。

但不管怎么样,向悠愿意相信他的话。就算是演的,起码他到分手都没有露出过半分破绽,那这绝对是一个令人心服口服的恶作剧。

"那看来,你应该多喝一杯。"

向悠看向孟鸥的杯子,既然今晚得熬夜,再来一杯咖啡很有必要。

孟鸥晃晃玻璃杯,将一双吸管都撇到一边,一昂头,本着节俭原则喝了个精光。

"确实。"他说,"你有什么推荐的吗?"

"我第一次来,所以也不知道有什么好喝的。"向悠摇摇头,"反正不要点拿铁,贵贵的,味道也很一般。"

孟鸥屈指轻敲桌面,思考了一会儿,突然向她伸出手:"刚刚的券能不能给我?"

向悠想了一下,才意识到他指的是什么。

她从口袋里翻出刚刚收下的优惠券,递了一张过去。

优惠券在口袋里被折了一下,孟鸥晃晃手腕将它甩平整,眯眼看上面的小字。

"海盐芝士旺仔厚乳拿铁,和葡萄……不对,葡葡荔荔……简单点起名字会判刑吗?"孟鸥嘴上这么说,还是很老实地把它念下来了,"葡葡荔荔椰椰冰萃拿铁,你觉得哪个好喝点?"

向悠越听眉头皱得越深,两个听起来都很"黑暗"的样子。

不过比起这个问题,还有一个:"你要一个人喝两杯吗?"

"送你一杯,不用谢。"孟鸥非常自觉道。

向悠本来想拒绝,但半张着的嘴突然说不出话了。

就差这么一杯咖啡吗?

反正不喝第二杯,她大概率今晚也不能睡个安稳觉了。

更何况,她和孟鸥之间……

就差这么一杯咖啡吗?

"好啊。"向悠答得很爽快。

优惠券的使用范围仅限三杯新品,一杯是孟鸥点的这个,两人都尝过了,很显然没人想再点它一次。

"尝个那什么葡萄的吧。"向悠道。

听起来好像稍微清爽一点。

"巧了,我也想喝这个。"说着,孟鸥起身朝点单台走去。

向悠想想,也跟上了他。

"两杯……"孟鸥深吸了一口气,"两杯葡萄。"

"怎么不念了?"向悠小声笑他。

孟鸥睨她一眼:"想听?"

谁会想听这个。

"想听。"又是嘴巴不顾大脑指挥,开始胡言乱语。

咖啡师在离他们一米多远的地方认真地打单子,孟鸥忽然躬下身,离她极近。

好像一大团热烘烘的风吹了过来,却带着一种早春的清洌气息,温热的呼吸扑在她的耳垂上,耳朵痒,心也跟着颤。

"葡葡……"孟鸥刚开口就卡壳,偏偏那张券已经交出去了。他伸出手,"再给我一张。"

其实只要一抬头就能知道,菜单上的字,可不比优惠券上的大得多吗。

向悠低头,摸左边口袋,没摸到。她的手还没伸到右边,有人帮她伸了过去。

这是一条贴身的厚棉布裙,作为一个分开的前任,不该和她有这么近的距离,更不该随意碰她的衣服。

孟鸥这个人太没有分寸了,太讨厌了。

她控诉了半分钟,但其实,那只手没碰到她。优惠券在口袋口子那儿露了个尖,孟鸥一秒钟就把它抽了出来。

那是什么碰到她了?

是他的气息?他带起的风?他的温度?

不管是什么,反正是孟鸥。

孟鸥碰到她了。

所以控诉他没有错。

孟鸥重复着刚才的动作,晃晃手腕把优惠券抖平整,带起的小风扑在她的下巴上,痒痒的。

"葡葡荔荔有点想你椰椰冰萃拿铁。"孟鸥说完,将优惠券揉成一团,丢回自己的口袋,站直身子退开一步。

2

向悠呆呆地站在原地。

刚刚那阵小风,吹得她有点蒙,她是听到了一杯饮料,但好像和第一次听到的不太一样。

他念得又急又快,咬字也含含糊糊的。

怎么,是在 A 市待久了,也开始学着说话吞音了吗?

她想让孟鸥再说一遍,因为恍惚间她好像误听了什么,而且还是很离谱的误听。

但这个要求说实话有点无聊。

而一个无聊的请求,应该发生在亲密的人之间,面对其他普通人,不该做一些没有意义还耽误别人时间的事。

那就算了吧。

向悠摸了摸已经空掉的右口袋。

刚刚那个误听真的很离谱,离谱到让她的心也像这个口袋一样，蓦地变得空落落的。

　　店里客户不多，两杯咖啡很快端了上来。可能因为没有那么多乱七八糟的小料，它们的颜色看起来还算正常，呈现一种奶咖色。

　　只是入嘴就……

　　又酸又甜，还带了点咖啡本身的苦味，一言难尽。

　　两人的动作意外地默契，同时低头，同时吮吸，又同时皱着眉抬头。

　　然后彼此苦笑了一下。

　　一切尽在不言中。

　　只是看起来，孟鸥好像笑得更苦。

　　刚刚那杯奇葩饮品他都能面不改色地喝完，这是怎么啦？

　　向悠想笑话他，但是笑不出来。

　　"向悠。"孟鸥叫她。

　　"嗯？"向悠认真地看他，应得很温柔。

　　一种客套的温柔。

　　孟鸥深吸了一口气，显然有一肚子话想说。但末了，他像是泄了气的气球，整个人一点点塌陷下去。

　　"没什么。"

　　"你有话，你就说呀。"向悠引他。

　　从前都是她害羞，总把话藏在心里。有朝一日她还能看到孟鸥想说不敢说的样子，倒也是开眼。

　　是被工作捶打的吗？

　　向悠忍不住幻想起他在职场上的样子，什么领导，什么同事，什么甲方乙方，他肯定有一堆想要吐槽的东西。但他不能像当初消遣她一样，当着人的面说，那他背后和谁说呢？

他和谁说呢？

和谁说呀？

男的女的，高的矮的，胖的瘦的，长什么样，叫什么名字，家住哪里……

她的脑细胞突然开始打架。

挺丢脸的。

跟了自己二十多年，现在为了一个分开一千天的前任，开始兵戎相见，把自己的大脑搅和得不得安宁。

关键打了半天，也打不出个结果，答案都在孟鸥脑子里藏着呢。

真讨厌。

孟鸥在等待。

他看见向悠原本亮闪闪的眸子，突然就暗了下去，而后怔怔地盯着一处不动了。

他知道，这是向悠又在发呆，又陷进了自己的想法里。在这个时候，她整个人是与外界隔绝的。无论和她说什么，她都听不懂。

开始孟鸥觉得奇怪，怎么这个姑娘常常和自己说话说一半，突然就卡壳了。时间久了后，他慢慢习惯了向悠的这种暂时性断片。

甚至，他有些喜欢这种时刻。让他可以毫无顾虑地、巨细无遗地、认真地看着她。

那双眼眨了一眨，光泽也回归眼瞳。

孟鸥知道，她冥想回来了。

接下来就是他的回合了，他想了想，先笑了一下。

向悠不知道他为什么突然笑。

这个笑看起来很勉强，仿佛嘴角挂了千斤的秤砣，好像他就是奥运赛场上的举重选手，举够指定秒数便赶紧把杠铃扔下地。

"向悠。"他又叫她。

还是正儿八经的全名。

"你说呀。"向悠多少有点没耐心了。

"嗯……"孟鸥抿了抿唇，"你对未来有什么规划吗？"

好像面试哦。

向悠茫然地反问道："哪方面？"

"每方面。"

未来，这种说远不远，说近不近的东西。

大学前觉得大学是未来，上大学后觉得工作是未来，真的工作的时候，可能因为未来一下子被扩充到好几十年，反而不去想了。

倒也不是完全不想，人肯定得对自己的人生有所规划，但学生时期可以写得很细，现在也不知道是懒，还是确实迷茫，未来总是笼着一层茫茫的雾。

"唔……其实我想考公。"向悠说。

这算是她为数不多的明确目标了。

孟鸥的眉角很细微地挑了一下："考昌瑞的？"

"是啊，我想留在这里。"向悠有点不好意思地笑了一下，"其实之前都进面试了，但最后还是败了。现在我就觉得，郊区也行，乡下也行，别的市也行，留在省里就好。"

孟鸥垂眼盯着自己的饮料，没说话了。

她洋洋洒洒说了一大段，结果冷场了，真的很尴尬哎。

向悠有点不满，板着脸看他。

可能是察觉到她的目光，孟鸥又抬起头，抛出了下一个问题："那……其他方面的规划呢？"

其他方面？

还有哪些方面？

成年人对未来的规划什么的，不就是规划工作吗？顶多再加一个——

婚恋？

是这方面吗？

向悠想问，又不好明说："还有哪方面？"

"就……"此刻的孟鸥突然变得特别拧巴，说话断断续续的，"你家里人没催婚吗？"

"你家里人催你了？"向悠反问他。

"没。"孟鸥有点烦躁地皱起眉，也不知是在烦谁，"你怎么想的？"

"我？"这下换向悠卡壳了。

因为对于这件事，她真没细想。

大概和孟鸥分手一年多后，她又谈了一场恋爱。办公室恋情，对象是隔壁组的，在上下班时以及食堂里经常遇见，一来二去相熟了。

某次团建，一群人上山下海搞拉练。往回走的路上，大家快累到虚脱，向悠一个没留神，被石子绊了一跤。

同事们都算热心，赶忙把她搀扶起来，帮她冲洗擦伤的腿。只是她脚腕也被折了一下，走不了路。

距离回程的大巴还有好几百米远，向悠正犯愁时，隔壁组的那个同事主动提议把她抱过去。

半推半就间，向悠被他打横抱起。

拉练了一天,他显然也有些累了,刚抱起她就在喘。

向悠有些不好意思,叫他要不把自己放下来。他没说话,只是很固执地摇摇头。

顺利抵达大巴后,他也自然地坐在了她身边。

向悠习惯坐车看窗外,偏偏他坐在靠窗的位置。

一路上,彼此的眼神交错无数次。

晚上大家约着去唱K,向悠因为腿伤去不了。

那是个很漂亮的民宿,向悠和人换到了一楼的房间,自己扶着墙一路跳到花园,望着眼前的夜景。

不知什么时候,他也来了。

夜风很温柔,花香很好闻,夜景也很漂亮。

两个人在一起,显得顺理成章。

想起当年,她和孟鸥从认识到确认关系,花了一年多的时间。

而他们从第一次搭话算起,好像还不到一个月。

够久了,对于成年人来说,够久了。

奇怪的是,两人好像刚刚开始恋爱,就直接开启了老夫老妻的模式。那一段热恋期,莫名其妙地消失了。

因为是在同一家公司,作息足够契合。为了避嫌,两人在公司还是保持从前的相处模式,但下班后常常约着一起吃饭,周末偶尔会约着看看电影看看展,但不是每周都约。

上了一周的班,大家都身心俱疲,比起和恋人出门,好像还是宅在家里睡一天更舒服。

在这点上,他们彼此达成了一致。

向悠觉得这样也很好。

他很温柔、很体贴,需要的时候会第一时间出现,她想要独处,他也能给她大把时间。

才不像孟鸥,他每周都要拉着她至少见一面,期末也不放过她。他不用复习,她可是有一堆东西要背呢!

孟鸥就是自私,就是不考虑她的感受,反正最后挂科的又不是他!

虽然每次她想犯懒时……抓着她学习的也是孟鸥。

但是不管,孟鸥还是很差劲。

而且孟鸥嘴又毒,让他说句好听话,跟要了他的命似的。现在的对象就不一样了,他会说她漂亮,说她身材好,说她温柔。没有什么花里胡哨的修饰,都是直白的夸赞。

只是有时候和他聊天时,向悠总是会不受控地放空自己。明明在说着很正常的话,偏偏心就是会一瞬间变得空落落的。

好奇怪,她搞不明白自己。

但她确信她是爱他的,她每天看到他会很开心,和他在一起也感觉很自在。不要什么波澜壮阔的心动,细水长流就很好。

她是有想过要这个状态下去一辈子的。

可是才出一个月,事情就发生了转折。

他比她大上三岁,有和她聊过以后结婚的事。但她觉得太早了,一个是年纪早,还有一个是他们也才在一起一个月而已。

确认一段关系,一个月足够了,但如果定下一份契约,对她来说这远远不够。

两次都被向悠明确拒绝后,他便没再聊过。

直到某次,向悠的敏锐直觉告诉她,他不对劲。

向悠很会观察人,这可是长年累月培养出来的。没有什么香水味、口红印,也没有什么奇怪的聊天记录和购物转账,一切在别人眼里都没有任何变化。

但向悠就是觉得，他变了。

只是她找不到证据，直白地说又显得无理取闹。好在他还算有良心，没多久便自己坦白了。

他家给他安排了相亲，还不止一场，都是在两人恋爱期间进行的。

他确认关系的这个新对象，和他一样大，是昌瑞本地人，家里是开厂的，还有个当官的姑父，能给他带来很多帮助。

他说对不起向悠，我们都是成年人了，我们需要现实一点考虑问题。

向悠的脑子"嗡嗡"响。

比起因为爱情出轨，因为条件有差被刷下去，这不知为何反而更让她难过。

她感到有点绝望。

不是因为分手而伤心，而是觉得，她还没准备好要成为这样的人——找一个条件合适的人，用一顿饭的时间确认关系，走流程一样结婚生子……

她感觉好恐怖。

偏偏这就是好多人的人生。

向悠举目眺望四周，她有一种要么妥协，要么孤身至死的感觉。

她觉得自己要求也没那么高啊，她就想找一个彼此相爱的人。

高吗？

好像有点高。

…………

"我不知道。"向悠说。

孟鸥耐心等了半天，却等来了这么一个答案。

他哑然失笑地确认道："不知道？"

"是不知道。不知道要找什么样的人，不知道要过什么样的人生，什么都不知道。"

人生太难了，能不能给她一点标准答案？

唔，好像标准答案是有的。

怪她非不肯采纳。

孟鸥低下头喝了口饮料，喉结从阴影里跃起又坠落。

"所以，你们已经分手了？"他稍显突兀道。

"嗯。"向悠下意识地应了一声，末了又觉得不对，"你怎么知道我后来又谈过？"

3

毕竟分开一千天了，再谈恋爱也很正常。可孟鸥的问话，总让她觉得不太对劲。

要是一般人，或许会问"你后来谈过吗"，或者"你现在有男朋友吗"。而他说的话里，"你们"未免指向性太强。

"你们"是指她和谁，他怎么知道？

抛出自己的疑问后，向悠目光灼灼地看着他。

孟鸥的脸上似乎有闪过一丝慌乱，又似乎没有。

他很讨巧，坐在背光的位置，阳光从窗外斜打在向悠的脸上。她的每个神情在光亮下尽显无遗，可他呢，本就深邃的一双眼窝已经匿去了一部分情绪，再藏在阴影里，就更难分辨了。

"刘鹏告诉我的，说你后来又谈了。"孟鸥答得很坦然。

刘鹏是两人的高中同学，毕业后也来到了昌瑞。其实向悠和刘鹏高中时不太熟，不过因为同在昌瑞，工作后反倒多了些联系。但联系也不算太多，只是逢年过节会问候两句。偶尔过节回不了家时，也会约上其他同在昌瑞的老同学，大家一块儿吃顿饭聚一聚。

只是……

向悠有些茫然地皱起眉，低头开始回忆。

她有告诉刘鹏她谈恋爱了吗？

她就谈了不到两个月，那段时间里，两人应该没有联系吧？

而且，她也没有在朋友圈秀恩爱的习惯。

她发过吗？没发过吧？

她第一次见到孟鸥，是在开学第一天。他在帮老师发学杂费的收费单，发到她这里时，刚好有人喊他，他很是随意地反手按在她桌上撑着身子，回头和对方说话。

向悠那会儿正在写作业，"啪"的一声，课桌正中央就按了只手。

她茫然地低头看看手，又抬头看他。

男生和人聊得正欢，后背没长眼睛，也感受不到她的目光。

被晒了一个夏天，他的那只手和她的摆在一起对比鲜明：一个黑，一个白；一个大，一个小。他的骨节都比她的粗了一大圈。指甲倒是修剪得很干净，透着一种带着反差的粉。腕上戴了块机械表，表带扣在倒数第二格。

表上的时间是 14 点 37 分，他的拇指刚好按在收费单的总计那行，共计 1012.68 元。

是的，向悠记得那一刻的准确时间，连费用都记到了小数点后两位。

那已经是很多年前的事了。

然而和前任在一起的那一个多月，却在她脑中变得很模糊。

她当然记得两人的第一次对话，还有确认关系的那次团建，和分手那天下的小雨。但是她不记得对方穿了什么衣服，两人一起吃了什么菜。至于中间的那一个多月，就更是蒙了层滤镜，模糊难辨。

现在打开手机去确认朋友圈，似乎有点尴尬，可能是她无意间和刘鹏提过吧，也可能是发了什么动态之类的。她虽然不会四处宣告自己恋爱了，但也不会刻意隐瞒，朋友知道了也很正常。

向悠决定不在这里钻牛角尖了。

她"哦"了一声："刘鹏和你说这个干什么？"

"这不是因为……"孟鸥顿了下，音量都低了一截，"我们谈过嘛。"

哦。

他要不说，向悠还真的差点忘了呢。

这一下午他们表现得多正常，聊过去的同学老师，聊未来的打算，聊音乐剧，聊电影。

就是不聊爱情。

不聊他们一起度过的事。

如今当真直白地点到了这里，向悠突然慌乱起来。

他是什么意思？他突然提这个干什么？

刚刚的那个幻听……

难道不是幻听？

眼前的人逐渐变得面目可憎起来。

向悠讨厌玩推拉，玩套路。她不是个高手，不懂怎么与人交锋，但她是一个讨厌失败和落下风的普通人。

"他好无聊，都分开那么久了，还告诉你干什么。"

向悠的语气里，带着一种赌气的意味。

"谁知道呢。"孟鸥一句带过，又问，"所以你们是为什么分手？"

向悠剜他："和你有什么关系吗？"

"这不是……无聊嘛，随便聊聊。"孟鸥屈指敲敲玻璃杯，里面还有大半杯，"总不能干喝吧。"

这是把她的经历当成佐酒小菜了。

向悠不爽道："你都问我多少问题了，总得让我也问你几个吧。"

"行啊。"孟鸥一瞬间坐板正了，像是预备接受审问的受访者，"你说。"

问什么呢？

在这种时刻，要问的无非是那些问题。

虽然她好奇的，也同样是那些问题。

"你现在有对象吗？"

单刀直入、开门见山。

但她的勇气好像在说完最后一个字的时候用完了，说出口后心"怦怦"狂跳。

救命，她觉得自己需要急救。

"要是我有对象了，还和前任坐在这里聊半天，不太合适吧。"

他这个吊儿郎当的回答，白瞎了她的满腔奋勇。

好在答案应该是明确的。

换作一个渣男，这句话背后的意思可能是：虽然不合适，但我还是这么做了。

而孟鸥不太像那种人。

但士别三日当刮目相看,这都一千天了,怕是人是鬼都不知道了。

可向悠为什么总觉得他没怎么变呢。

她想想,又问道:"那你后来谈了几个?"

孟鸥又开始不好好回答问题了。

他屈肘抵在桌面上,食指和拇指圈起,对着她晃了晃。

向悠逐渐瞪大了眼:"十、十个?"

虽然和她没关系了,但是不是换女朋友换得太勤了点?

孟鸥一瞬间也满脸惊讶:"你家的'十'是这么比画的?"

向悠迷茫地伸出手,握了个拳:"这不是'十'吗?"

孟鸥的一双眼少有地瞪得溜圆,又晃了晃手:"是我中间那个洞圈得不够大?"

向悠一点点松开攥紧的手,看看他的,又看看自己的。

"零?"她问得有点犹豫。

"不然你觉得是几?"孟鸥放下手,靠回椅子上。

"不可能。"向悠笃定道。

一千天,一个没有?

不可能,绝对不可能。

其实当初他们在一起时,孟鸥说他之前没谈过恋爱,向悠就不相信。

多少小姑娘给他告白,她可是看在眼里的。

如果因为喜欢她拒绝了那些告白,向悠是信的,那他们在一起之前呢,他又不可能是一夕之间变得受欢迎的。

更何况,她看过他之前的照片,又拽又臭屁,要么斜着眼看镜头,要么笑得贼不正经。

但再怎么嫌弃,她都必须承认,他这张脸是好看的。

只是，向悠确实没找到过任何他谈过恋爱的蛛丝马迹，包括偶尔两人遇上他从前的同学，从对话里也听不出端倪。

后来向悠直白地问他，为什么之前没有谈过。

他说他那时候觉得谈恋爱没意思，他身边有朋友谈恋爱，每天跑来跑去给女朋友当用人使，天天带水带早饭，帮着上楼下楼买东西，女朋友写不完作业还得帮着写。有这个时间，他不如和朋友打几局游戏。

"后来呢？"向悠问。

"后来……"孟鸥"嘿嘿"笑了笑，"后来我发现，看见你的第一秒，我就想给你当用人使。"

"什么啊……"向悠推了他一下。

又不是封建社会，还什么主人用人的。

更何况，她也没把他当用人使过呀。是他自己主动要帮她带早饭，要帮她跑腿，要帮她背包，她可没要求过。

"别把我'辞'了啊。"向悠就轻轻推了一下，他退得老远，过会儿又臭不要脸地黏了过来，"我可不想'失业'。"

不过最终，她还是把他"辞退"了。

那之后呢，他真的没再找到"第二家"吗？

他的脸还是好看的呀，尤其在周围一帮发福的同龄人里，多少算是鹤立鸡群。虽然他的性格倒也依然讨厌，但不至于一个姑娘都遭不住他吧。

不过，如果现实一点来看。

对，就以她前任的角度来审视。

他的学历是高的，工资也还可以，可到底他不是A市本地人。家里或许可以给他扶持着买一套房子，但应该还要过上很多年。

大抵他和她的前任一样，需要一个本地姑娘来扶持，可本地姑娘又看不上他。

这么一想，一千天没寻着个伴，倒也不无可能。

向悠突然有点心酸，从前她觉得那么好、那么宝贝的人，原来也是被别人嫌弃着的。

虽然她不该为自己的前任而心酸。

"怎么不说话了？"

孟鸥不知道她在想什么，只是看她的眉眼突然弯下去，好像很伤心的样子。

他没再谈过，她伤心什么呢。

"没什么。"向悠摇摇头，挤了个勉强的笑容。

孟鸥盯着她看了一会儿，知道她藏了一堆话没说。

"你就没有想再问我的了？"

向悠的心里有点乱，像是沸腾的水，"咕噜噜"直冒泡泡。

要说吗？不能说吗？为什么要说？

算了，说吧。

反正今晚他就回 A 市了，这次是一千天没见，下次说不定就是一万天了。

所以，也没什么好尴尬好怕的了。

"你真的打算一直留在 A 市吗？"

你真的不愿意回来了吗？

Chapter 06 / 回忆
爱情不是人生的全部

一个话也
聊天的下午

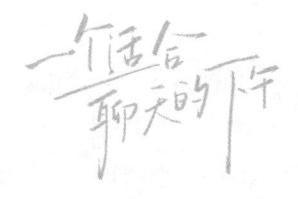

1

话是他要人问的，最后答不上来的也是他。

孟鸥的神色逐渐黯淡下去，带着一种严肃的认真。

这件事他们之前聊过，向悠也曾经泣不成声地问过他同样的话。

他的眼珠不自觉转到了左下方。

他在回忆吗？

和她想到的一样吗？

毕业季即分手季这句话，很多时候不无道理。

离开校园进入社会，在现实面前，爱情常常变得不值一提。

他们有谈过要留在哪里的问题，孟鸥想留在A市，向悠想回到老家的省里。但那时候他们才大三，说着急其实也没有那么着急。彼此只当是日常随口聊一句，谁都没当真——

没把对方的打算当真。

大四实习时，两个人都在A市找了工作，甚至还在一个园区。向悠只是觉得方便，要是回省里找的话，学校一旦有什么事，来回的机票就要不少钱。

可她没有说,因为觉得没必要。

大抵孟鸥因此产生了点误会,以为她也想留在这里。

不过,实习的过程还是挺快乐的。

虽然孟鸥的岗位没有特别严格的着装要求,但向悠还是花了一大笔积蓄,提前一个月给他定制了一套手工西装,留作面试用。

收到那天是个下午,两人在外面开了一间房。

孟鸥特别认真地洗了个澡。往日十分钟搞定的他,这回生生磨蹭了半小时,皮肤都泡红了。这还不够,刚刚洗完澡的他,又额外用洗手液洗了遍手,才打开了盒子。

这副认真的模样,愣是把向悠逗笑了。

不过很快她就笑不出来了。

量身定做的果然很不一样,每一处都很完美,宽肩窄腰毕览无遗。

孟鸥站在卧室走道上,站得笔管条直。

来之前他还特地买了摩丝,将每一根发丝都捋到了脑后,脸还是那张脸,但人总觉得不一样了。

向悠有些着迷地看着他。

硬挺的西装版型将他整个人勾勒得高大挺拔,面无表情时,深邃的眼窝让他看起来严肃到令人生畏。

看着看着,向悠的眼窝逐渐发热。她那曾经身着校服的男孩,已经悄无声息蜕变成了一个男人。

她有点惊喜,有点始料不及,还有点感慨。

"孟鸥,你穿西装真好看。"

因为他太自恋,成天自己夸自己,所以向悠其实不常夸他。

但眼下的情景，能让她一瞬间原谅他的自负。

可能这身衣服真的束缚了他什么，孟鸥难得没有油嘴滑舌，笑得很温柔："谢谢。"

他这么稳重，向悠倒不习惯了起来。

很久以后她才明白，那一刻她心里的芥蒂缘何而来。

她当然希望他越来越好，更加成熟，更加成功。

只是看着他的时候，她总觉得他在离自己越来越远。

但那时候因为开心，向悠并没有将心头一瞬间的失落延续很久。她站起身，像一头横冲直撞的小牛，撞进了他怀里。

孟鸥闷哼一声，伸手环住了她。

她用脸颊蹭了蹭那上好的羊毛面料，仰着脑袋往上看。他下巴的皮肤因为隐了层青茬，看起来有点粗糙。喉结很是饱满，在颈部攀成了一座崎岖的小山。

向悠依依不舍地赖了很久，才从他怀里出来。

孟鸥眼含笑意地看她："帅吧？"

噫，又开始了。

向悠故作嫌弃地一撇嘴，但心里倒是开心的。

就让他的少年气再葆有得久一点吧。

后来，孟鸥穿着这身西服，顺利通过了面试。回来后，他和向悠说，面试官笑他穿得比他们老板还正式。

"说不定你以后要接他的位置呢？"向悠随口捧了一句。

孟鸥捏她的脸蛋："你想当老板娘是不是？"

"不。"向悠反手也掐住了他的脸颊，"我要当老板的老板。"

"再说一遍？"孟鸥拿出手机打开录音，"回头帮你把战书发给你老板。"

"我说——你们的新员工孟鸥———心想篡位——应重点关

注——"向悠拖着长腔道。

"坏家伙。"孟鸥拍了下她的脑袋,对着手机道,"是啊,各位回头收拾收拾准备迎接新老板,还有老板的老板。"

那可能是向悠人生中最后一段满腹雄心的日子了。

小学梦想的清华北大没考上,科学家宇航员没当上,但这并不妨碍在大学即将毕业之际,她依然幻想自己是世界上最了不起的人,定能成就一番事业。

实习期间,两人还短暂地同居过一段日子。

学校宿舍一早被申满,两人只能出去租房。

一开始本来是各住各的,和向悠同居的,是个来A市打工的小姑娘,比她还小上一岁。小姑娘成天掉眼泪,说在这里真苦。不到一个月就表示要打道回府,宁愿付违约金也要走。

这下向悠傻眼了。

当初合租难找,不是地段不合适,就是室友不喜欢。她干脆整租了一套,自己当了二房东。房东虽然准许了她这个行为,但找不到室友的话,房租自然也是她全部承担。

实习工资本来就少,房租快占了一半,要是让她全部担下,基本就是倒贴打工了。

她急得全世界发招租信息,结果把孟鸥给招来了。

孟鸥原本住的是公司提供的宿舍,见她着急,就问她考不考虑租给他。

向悠没有第一时间回答,盯着对话框考虑了好久。

两人在一起快五年,最亲密的举动也做过了。但同居,她总觉得有些奇怪。

她是想过要和孟鸥在一起一辈子的,也曾经想过如果他们以后住在一起,会过什么样的生活。

可她还是有点犹豫。

很多事上，向悠是个偏保守的人，又或者，是太害怕现状的改变。

犹记得大一暑假放假时，向悠买了打折机票，要在宿舍多留几天再走。

孟鸥自然也陪她留了下来。但他们学校管得严些，要么申请留校，要么放假了就走，所以，他在外面酒店开了一间房。

向悠花了两天时间慢悠悠地收拾行李，处理好一切事宜，就去酒店找他玩。

她一直说要去，但没定好具体时间。这下，算是给他来了个突然袭击。

门一开，她鼻腔内满是沐浴露的清新气息。

孟鸥正穿着酒店的浴袍，头发湿漉漉的，毛巾还搭在头顶。

水珠顺着他高高的鼻梁向下，在鼻尖缀成漂亮的形状，又消湮在人中里。

"你可真会挑时间，我没擦干就赶紧跑出来了。"孟鸥一边擦头发，一边往里走。

"那你再去擦一遍吗？"向悠回头将门带上。

"算了，泡沫冲干净了就行。"孟鸥往床上四仰八叉地一躺，"你要不在，我就直接风干了。"

向悠听得直皱眉："你怎么那么邋遢啊！"

"那是你不懂没擦干进空调房有多爽。"孟鸥和她扯道。

"我知道感冒生病了有多爽就够了。"向悠真是受不了他。

"我才不像你，没那么容易生病。"

孟鸥又带着那种欠揍的炫耀眼光，上下扫了她一眼。

向悠懒得搭理他。

结果下一秒,耳边就传来了一声响亮的喷嚏声。

向悠外面套着的防晒衣还没脱,在这里都被吹得有点冷。她回头看向只穿了件浴袍,大半条腿都大刺刺地露在外面的孟鸥,他似乎是对自己的打脸有点尴尬,对上目光后尬笑了两声。

"还笑呢。"

向悠板着脸上前,抓起空调遥控器一看,被上面的16℃吓了一跳。

"嘀""嘀""嘀"……

每按高一摄氏度,孟鸥的嘴角就抽动一下。

一直调到26℃,向悠终于放下遥控器。

像是回应她似的,孟鸥又咳嗽了一声。

"你是不是还没干啊……"

向悠回头看他,一心想着要检查一下,于是那手鬼使神差就地扯开了他浴袍的领口。

他的锁骨看起来光亮亮的,似乎还带着水渍。

向悠当真只是想看看擦干了没有,谁料他腰带系得这么松,一扯扯开一大片。

白花花的,看得她眼睛疼。

不幸中的万幸,可能是他下面好歹是穿着裤子的。

但她的目光不受控地往下瞥了一眼的时候,她还是脑袋烧得慌。

"你快点把衣服穿上吧!"向悠恼羞成怒,一边别开眼,一边抓起一团被子往他身上砸。

孟鸥哭笑不得地坐起来整理浴袍:"你把我衣服扒了,现在又怪我没穿衣服?不讲理啊向悠悠。"

"你没有别的衣服穿了吗?"向悠强词夺理道。

"其他衣服都打包运回去了,就留了两套备用的,全部洗了在晾呢。"孟鸥跳下床,用下巴指了下挂在玄关上的衣服,"你把我空调调高了,更难吹干了。"

"怪我咯……"向悠小声嘟囔。

"没怪你啊。"孟鸥趿拉着拖鞋上前,从背后抱着她,下巴抵在她的肩上,"我还没跟你生气呢,你怎么先跟我生气啦?"

她好像陷入了一片柠檬海。

他的气息是冷冽的,可紧贴的身躯又过分温暖。

太热了,太热了。

她就不该把空调调那么高。

此刻她感觉自己的脑袋就像那蒸笼里的包子,腾腾地散发着热气。

"悠悠?"

半天没等到回应,孟鸥不解地唤她。

"孟鸥……"向悠犹豫着喊他名字。

"嗯?"

"有点热。"她抓住腰上环着的手,转了一圈从他怀里退出来。

可从他怀抱里出来,怎么热气还是蒸个不停。

或许热的不是孟鸥,是她。

"你怎么了?"孟鸥终于察觉出她的不对劲。

向悠没说话,微微昂头一言不发地看着他。

时间在流逝,温度在攀升。没有人再说话,孟鸥上前一步,低头很温柔地吻住了她。

然后,一切就顺理成章了。

虽然向悠还是哭了满脸。

她也不知道自己为什么哭，在某些时候，她的眼泪总是掉得很莫名其妙。

孟鸥是从未有过的温柔，动作是温柔的，语气是温柔的，吻掉她眼泪时也很温柔。

向悠在泪眼蒙眬中看他。

她好像没有办法比现在更爱他了。

2

纠结没两天，就到了给房租的日子。一大笔钱花出去，还没人分担，向悠肉疼到想哭。她左想右想，最后还是决定把孟鸥拉过来。

虽然动机是找人分担房租，但想到孟鸥真的要搬过来了，她紧张到仿佛回到了刚开始恋爱的日子。

那时候，明明两人已经认识一年多了，可一旦冠上了男女朋友的名头，好像很多东西都不一样了。

看到他会开心，会心跳加速，每一次有意无意的肢体碰触，换来的都是狂乱不已的思绪。

哪怕之前打打闹闹也碰了无数回，但确认关系后的某一天，孟鸥又开始嘴贱，向悠习惯性地拍了他一下，手刚刚碰上他的臂膀，突然不好意思继续向下了。

他的皮肤是和自己截然不同的温度，十指连心，于是她的心跳也开始紊乱。

她碰到的是她的男朋友。

这个总让她生气又总让她开心的人，现在是她的男朋友。

这种想法，"咕噜噜"地正在往上冒。

孟鸥眼疾手快地擒住她的手腕："舍不得？"

一句话，让她心里所有的波动都烟消云散。

向悠抽回手，比刚才更大力地拍了他一下："神经病！"

……

而现在，她要和孟鸥住在一块儿了。

他们会拥有一个短暂的"家"，当然如果可能，他们以后还能拥有一个永远的家。

她就是怀着这样的心情，帮孟鸥打开了门。

外面下着毛毛雨，他也没打伞，一路淋了过来。黑色的卫衣兜帽还罩在他脑袋上，向悠抬手帮他揭开，看见那睫毛上缀着一串水珠，眨一下眼就往下掉几滴。

他那双眼也比平时更晶亮几分，笑盈盈地盯着她，他不由分说地先低头亲了她一口。

亲得她一鼻子雨水的味道。

也让她往后每每在细雨天，都会想到这个短促的吻。

孟鸥在对着她笑得一片灿烂。

而他们即将共同开启新生活。

孟鸥的行李不多，虽然他拎了两个行李箱，不过有一个只装了一半。向悠领着他来到卧室，同他一起将柜子都填满。

不只是卧室，盥洗室里他们的牙刷和牙刷杯并排放着，灰毛巾和粉毛巾靠在一块儿，玄关鞋柜里漂亮的小皮鞋下面，放着一排板鞋和运动鞋。

而向悠送给他的乔迁礼物，就是一对情侣拖鞋。毛茸茸的，一双上面缀着小猫脑袋，一双上面缀着小狗脑袋。

偏偏孟鸥这个讨嫌的家伙，觉得小狗脑袋晃来晃去很好玩，没事儿就抬着脚晃悠，没一周就掉了一只脑袋，过了几天第二只也掉了。

向悠低下头，望着自己脚上孤零零的一对小猫，气得不想理他。

结果当晚她出来想倒杯水时，发现客厅灯光大亮，孟鸥正坐在沙发上，低头拿着拖鞋在缝。

家里没有针线包这种东西，一旁塑料袋上的Logo，证明了是刚送来的外卖。他也没忘了犒劳自己，买了一套针线包还捎了一支雪糕，两只手都在忙活，他就直接把雪糕叼在嘴里。

听见脚步声，孟鸥分出一只手拿出雪糕。

向悠板着脸看看他，看看小狗脑袋，又看看雪糕。

孟鸥干笑了两声，反手一指："还有一支在冰箱里呢，你现在要吃吗？"

伸手不打笑脸人，向悠都不知道该说他什么好。

她去冰箱取出了同款雪糕，坐在沙发上，一边吃，一边看他缝。

虽然向悠没做过针线活，但孟鸥的技术，连她一个外行都能看出来有多烂。针头东戳一下西捣一下，线布得乱七八糟，得亏那只小狗脑袋够大，能把下面的一片狼藉挡一挡。

拖鞋缝得丑了点，他人还是好看的。

他微微低着头，袒出修长的后颈，双眼稍稍眯起，专注到睫毛都在抖。绣花针被他举成了手术刀，每一刀都下得很认真——

然后戳得乱七八糟。

忙活了一刻钟，他才把两只都缝好。孟鸥满怀信心地把它们高高举起，发现歪得一塌糊涂。

一只左上一只右下，在有限范围内能离多远离多远，偏偏眼睛还互相睨着，跟冷战似的。

"丑死了。"向悠嫌弃他。

"我好不容易缝的呢……"孟鸥越说底气越不足。

"喏。"向悠抬高双脚,炫耀似的展示上面端端正正小猫咪脑袋。

孟鸥不甘示弱,穿上拖鞋,抬起腿跟她的靠在一块儿。

可谓是对比惨烈。

"我这是世界独一无二的,你不懂。"颇受打击的孟鸥收回脚,开始找理由。

"独一无二的丑吗?"好不容易逮着了奚落他的机会,向悠当然不会放过。

孟鸥故作嫌弃地摆摆手:"不跟你这种没审美的人说话。"

"你那是审丑才对吧!"向悠穷追猛打。

孟鸥突然回过头,很认真地看了她一眼:"悠悠,你真漂亮。"

莫名被夸的向悠愣了一下,才明白他的意思。

她气得拿起沙发上的抱枕对他砸个不停。孟鸥一边被砸还一边笑,怎么躲躲不开后,干脆长臂一伸,强行抱住了她。

中间还隔了个抱枕。

一个抱枕的距离,刚好够两个人面面相觑。

"悠悠。"孟鸥的声音低了几分,带了点暧昧的味道。

但向悠还惦记着刚刚的事:"不许说我漂亮!"

孟鸥忍不住轻笑道:"那我也舍不得说你丑啊。"

"那、那你别说话了!"

反正这张嘴里也吐不出什么好话。

嘴巴不能说话了,该干什么呢。

孟鸥专注地盯着她,突然一把拨开抱枕,吻了上去。

向悠推他:"回房间。"

"回谁的？"孟鸥问。

向悠使劲儿想，又想不出来。

选谁的好像都很奇怪。

她干脆不答了："不是让你不要说话了吗？"

孟鸥当真开始一言不发，掰开她的膝盖，卡着她的膝窝往上一抬。

向悠吓得一声惊呼，牢牢抱紧他的脖子，被他一路抱进了他的房间。

一对摇摇欲坠的小猫咪脑袋被她用力地勾在脚尖，可怜还是落在了半路上。

向悠抓他后背的衣服，对着他喊："我的拖鞋掉啦。"

孟鸥头也没回，向后把自己的那双甩了出去。

两只歪七扭八的"小狗"打了个旋，和"小猫咪"靠在了一块儿。

…………

回头看去，同居的日子似乎每天都是快乐的。

大概因为，孟鸥就是一个快乐的人。

虽然他最大的乐趣是惹向悠生气，但他也拥有着每次都能把她哄好的能力。

两个人都不会做饭，但总不能天天点外卖。于是彼此一块儿对着菜谱研究，门都没入的技术，还总爱看高难度的菜。

看完后，就一起去超市采购。

向悠很喜欢和他一起逛超市，在明亮的灯光下，他们穿行在一排排整齐的货架间。两个外行对着脑袋挑菜，也会买点零食和日用品，想象着把两个人的家一点点填满。

菜是买回来了，做也认真做了。一个洗，一个切；一个炒，一个就递调料。顺序常常变换,做出来的菜倒是永恒不变的烂,连互相甩锅也是个固定流程。

有时还会互相"陷害"。

故意"谦让"着给对方夹一大筷子菜:"做饭辛苦了,你多吃一点。"

然后被回敬更多的菜:"还是你更辛苦,你多吃点。"

最后,彼此都对着碗里的一堆黑暗料理皱眉头。

哪怕吵吵嚷嚷,哪怕吃着难吃的菜,但不知道为什么就是很开心。

那是最后一段象牙塔里的日子了,刚刚掀开社会的面纱,初初看到的还是一派美景,怎么都好。

实习结束,搬离租屋那天,向悠被行李围在玄关,看着重新又恢复空阔的房子,她怔怔地站了很久。

明明并没有住很久,但由于孟鸥的存在,这间屋子被赋予了特别的回忆。

孟鸥没催她,陪她站在玄关向里看。

一起吃饭的餐桌一片平坦,原本向悠每周都会买束花摆上,前两天换下枯萎的花时,想想马上要搬走了,她最终还是没买新花。

电视柜上也是空的,这里曾经摆着孟鸥的游戏机,偶尔两人会窝在沙发上一起打游戏。

向悠虽然不常玩游戏,但对此有种超乎寻常的认真。每次玩需要配合的游戏,孟鸥出错了她就会直埋怨,自己出错了,也会跟自己怄气怄到红了眼眶。

孟鸥无奈得很,他也没想过,打游戏还能给人打哭了的。

他打算去安慰安慰,结果向悠推他:"你把手柄放下干什么,快点呀,就差一点了!"

于是孟鸥手里操作着,眼睛频频瞥她。

看她哭得一塌糊涂,还在很认真地和游戏较劲,一边对着屏幕上的"Defeat"哀号,一边很不服输地开下一把。直到终于通关了,小姑娘哭得直抽抽,还不忘对他笑到露出八颗牙齿。

又傻又可爱。

而孟鸥喜欢她身上的执着劲儿,喜欢在看似脆弱的表象下,那不屈不挠的韧劲。

但这样的人,也注定不会轻易妥协的。

看到最后,是向悠率先提出了离开。

虽然迈一步她就回头看一眼。

孟鸥推着行李殿后,两只手都占着了,就用下巴蹭蹭她的头顶。

向悠摸摸脑袋,回头抬眼看他。

"以后,我们会在这里拥有我们真正的家的。"孟鸥说得很认真。

向悠一瘪嘴,转过头去,没接话。

那时候孟鸥不知道她为什么不说话。

猜想着她可能是太伤心,说不出话来。

回到学校的第二天,向悠收到了一束外卖送来的花。不用署名,也知道是来自谁。

小雏菊配向日葵,小小的一捧,是刚好够放进长颈花瓶的数量。

向悠简单修剪了一下,把它插在花瓶里,摆在书桌上。

就像之前,每周摆在餐桌上的那一捧花。

3

毕业将近，日子过得愈来愈忙碌。两人少有的连着两周都没见面，虽然线上的问候一句不少，但是闲聊肉眼可见地少了许多。

向悠有些喜欢这种充实的感觉，却也对即将迎来的新生活感到茫然和恐惧。有关于工作的，有关于爱情的，时间一天天逼近，偏偏她哪个都没安排好。

孟鸥实习的单位很喜欢他，主动给他送出橄榄枝，欢迎他毕业后成为这里正式的一员，他自然也把这事告诉了向悠。

隔着屏幕最大的好处，是不用费心地掩饰情绪。

向悠给他回了句"恭喜呀"，附带一个转圈圈撒花的表情包。

表情包里的小动物笑得开怀，她的嘴角却下撇得厉害。

答辩结束后，两人终于约着见了一面。

孟鸥的头发差不多一月没理，被风吹了一路，有些凌乱地顶在脑袋上。他的双眼也被碎发遮住了一部分，让人看不清他眼里的神情。

像是嫉妒她理得整整齐齐的头发似的，一见面，孟鸥就揉了下她的脑袋："想我了没有？"

"烦人！"向悠拨开他的手，一边整理头发，一边看他。

看了一会儿，她没忍住笑了出来："想。"

确实很想很想，想得不得了。

除了之前的寒暑假，两人从没有相隔这么久没见面过。网络的沟通还是太缥缈了，她更想亲眼看到他，摸到他，闻到他，感受到他。

藏在他的气息里，好像就会变得安定下来。

两人随意挑了间常去的咖啡店落座。正值工作日，店里的人不算多，咖啡师靠在柜台后，百无聊赖地互相低声说笑着。

彼此聊完了天气，聊完了生活琐事，聊完了答辩，不可避免地要聊到毕业后的去向。

"我最近已经在看房子了，一间靠地铁站，一间靠公交车站，周边环境也都还可以，我们什么时候去看看？"孟鸥兴致勃勃道。

向悠握着咖啡杯的手紧了一下，抬眼看他，说："我去干什么呀？"

孟鸥的表情一僵，转而变作疑惑："你……不想跟我一起住了吗？"

刚见面的好心情就这么被打败了。

向悠怕自己的眼神不够友好，低头不看他，但依然避免不了语气上的不悦："我不是说了，我不打算留在这里吗？"

空气中弥漫着沉默。

空阔的店内飘过一句："王先生，您的咖啡好了。"

为了缓解尴尬，向悠抬眼往柜台处看去，还没见到那位王先生，余光率先瞥到孟鸥目光炯炯地望着自己。

"为什么呢？"孟鸥的语气是少有的软和。

"因为离家太远，而且压力太大。"这些是之前都说过的，向悠顿了顿，"其实我从大一就开始考虑要不要留在这里，然而考虑了四年，我还是想离开。"

她不喜欢 A 市。

她不喜欢永远拥挤的车流，不喜欢行色匆匆、面无表情的行人，不喜欢这里的酷暑和严冬，不喜欢冰冷的高楼大厦。

也不喜欢偶尔出站换乘路过商业街时，在一帮享受生活的精英中，被衬托得渺小又灰暗的自己。

可是她小时候来这里旅游时，看到的明明不是这样的 A 市。那时候她看到的是雄伟壮观的建筑，是热情好客的大妈大爷，是科技的发达，是历史的传承，是让人心驰神往的地方。

可能她讨厌的不是 A 市。

而是那个终究只能作为过客的自己。

孟鸥一边听着，一边若有所思地点点头："确实，在这里的压力要比别的地方大。但是我总觉得，如果我们一起的话，很多事都可以共同克服。"

向悠冷着眼看他，越看越觉得面前的人面目可憎。

"为什么你总想着让我妥协？"

从第一次提到这个话题到现在，她从来没有劝过孟鸥和她一起回去，而孟鸥也从没放弃想让她留在这里。

他考虑的永远只有他自己，永远只想让别人来配合他的步调。

孟鸥低下头，看起来很像被训斥的学生。

他喃喃道："对不起。"

好多事情又不是一句道歉就能解决的，向悠板着脸看他，期待他在道歉之余，还能说出什么实质性的东西。

"可能是因为之前和你同居的那段时间，真的特别开心，所以我一直以为，毕业后我们就能一直过上那样的日子了。"

孟鸥很会打感情牌。

可是她已经不是几年前那个碰了碰手背，就能心潮澎湃的小姑娘了。

向悠没应声，埋头专注地喝咖啡。等到一杯喝完，她抬起头："我的想法不会变的，你不用劝我了，我觉得我们还是彼此冷静一段时间比较好。"

说完，她拿起包准备离开。

孟鸥起身按住了她的手。

在一派平和的咖啡店里，这里的气氛显得有些剑拔弩张，咖啡师纷纷将目光移至这处，似乎随时准备平息纷争。

向悠低头看着他盖在自己手背上的手，比自己的大了一圈，将她的手腕都盖住了一半。骨节突出，手背经络分明，一路延伸至小臂，没法用漂亮来形容，但绝对是坚实有力的。

凭蛮力，她是难以挣开的。

她想起了他们第一次看电影的时候，她气得要分手，而他也一把扣住了她的手，不让她走。

向悠轻轻地叹了口气。

她感觉着手背上的手逐渐放松，但依然没肯挪开，焐得她的手快要出汗。

要怎么收场呢。

无非就是那些话吧。

和她道歉，求她别离开，不行就玩赖的，使劲儿缠她。

就欺负她心软。

欺负她爱他。

但是这次不一样，她有些腻烦了。

大手下的空间宽敞了点，向悠首先动了动手腕，试探着想把自己的手抽出来。

结果下一秒，又被按了回去。

向悠愤愤地抬起眼，正思考着在公共场所怎么得体地发火时，却见到孟鸥正猩红着一双眼看她。

和总是掉眼泪的她不太一样，孟鸥连眼眶都很少红，然而此刻，他的眼里水汪汪的，鼻头都红了几分。

他少有地展现了他的脆弱。

像是觉得丢脸,孟鸥稍稍别开眼,声音泛着哑:"我回去考虑考虑,到底要不要留在这里。"

"嗯。"这次,向悠顺利抽出了自己的手。

她重新拿起包,快步走出了咖啡店。

可能怕再慢一点,自己就要比他先一步掉眼泪了。

但向悠又难以自控地心软了。

那天之后,孟鸥红了眼眶的模样,总在她脑海里回放。

离校日期将近,留给她的时间越来越少,某天宿舍只剩她一个人的时候,她给父亲打了通电话。

日常的寒暄过后,向悠说,她想留在这里。

"和孟鸥一起?"父亲直截了当道。

"唔。"向悠犹豫了一下,"和他没什么关系,是我想留在这里。"

"这么远的哦,你不怕辛苦吗?"

"嗯……不怕。"向悠道。

那头的人沉默少顷,末了轻轻叹了口气:"孩子翅膀硬了要飞了,当大人的也阻止不了。记得多回来看看我们就好。"

向悠一阵鼻酸,怕说着说着就哭出来,匆匆忙忙应了声,便赶紧按断了。

不到半小时,母亲的电话便打了过来。她率先打给父亲,就是因为不知道如何面对母亲,不过大抵父亲已经将这事告诉了母亲。

"悠悠,你真的要留在A市啊?"母亲一开口,就带着一股鼻音。

向悠心尖拧得疼，还得故作镇定道："嗯，妈妈，我想留在这里。"

"A市多远啊，那边的天气你能习惯吗？吃的对胃口吗？回头生病了也没人能及时照料……"

这话听起来有些耳熟。

向悠想起来了，当初她决定报A市的大学时，母亲也是这么和她说的。

但那次说到最后，母亲决定还是依着她的想法。

这次也一样："妈妈真的不希望你太辛苦，一个女孩子在外拼搏多不容易啊，但是、但是……悠悠啊，你要是觉得累了，回来妈妈养你。"

向悠终于难以自抑地放声大哭起来。

…………

学士帽戴上又取下，她的人生就此迈入了新的征程。

在正式上路前，她和孟鸥又见了一面。

向悠的心情很放松，与之相反的是，孟鸥看起来异常沉重。

于是这场会面，在见到的第一眼，她就已经猜出了结局。

两人没有拥抱，但还是例行地牵上了手，一起往商场里走。

过去的向悠很喜欢被孟鸥牵着，很喜欢他领着自己，去往每一个地方。他的手总是温暖有力，让人依托，她不用思考，不用选择，她只要被孟鸥牢牢牵着手，乖乖跟着他的步伐，去哪里都好。

正值午餐时间，两人随意找了家茶餐厅落座。

对于现在的他们来说，吃饭是个不错的选择，可以聊聊餐点，也可以贯彻食不言的要求。

但吃到尾声时，有些话还是不得不提。

133

孟鸥手里捏着柠茶的吸管，垂眼望着杯子里的半杯冰块，他大抵也不打算喝了，吸管被他捏成了奇怪的形状。

将它折了第三次后，孟鸥开口道："我还是想留下来。"

向悠不太意外，但心还是漏跳了一拍。

"哦。"她说。

"悠悠，我有个朋友，他那边有份很适合你的工作……"

"孟鸥。"向悠打断了他，"要不我们分手吧？"

4

在出门前，向悠在心里已经做好了很多打算。

如果孟鸥决定为了她回省里，或者问她要不要异地，她都会义无反顾地和他一起留在A市。

她已经同父母说好了，连A市的面试都约了几家。

她是真的有想过和孟鸥一起留在这里的。

但是，孟鸥偏偏选择了她最讨厌的那条。

就像在GalGame里，选择了错误的选项，不可避免地打出了"BE"。

她只是想要一个态度罢了。

她后来看过很多段子，调侃女性在爱情里总是要对方的态度，而男性常常百思不得其解，态度这种玄而又玄的东西是什么。

可是那些成功学里，不也常说态度决定一切吗？是爱情不包括在"一切"里，还是爱情根本不是他们会费心追求的东西？

不过，向悠不在乎了。

她说完就走，牙咬得紧紧的，怕当众掉泪太难看，瞪圆的一双眼看起来凶巴巴的。

孟鸥当然有跟上来，但是被她用力拧开了手腕。

向悠下了蛮劲，压低声音让他别再烦她。

"你要是有点良心，就最后给我留一点好印象。"她说。

然后孟鸥就放手了。

但向悠觉得这不算什么好印象。

她想要的是什么，她自己也不太清楚。

有时候，她也觉得自己有点拧巴。

分手的感觉很奇怪。

向悠刚出餐厅，就拐到逃生通道大哭了一场。

那一场或许流干了她所有的眼泪，她一个动不动飙泪花的人，后来居然没再为此哭过。

就是心好像被戳了个洞，每天漏一点，每天漏一点，情绪就此抽干，它逐渐变得无比空洞。

连酸涩、难过这点负面情绪，也一视同仁地被带走了。

向悠很平静。

她删掉了孟鸥所有的联系方式，扔掉了一些装饰用的情侣物件，倒是留了些实用的，但它们和孟鸥已经没关系了。

她想自己可能天生是一个薄情寡义的人，但是总有一些瞬间——

在名单上看到了姓"孟"的人；在超市看到了他爱喝的饮料；路过电影院，看到他爱的导演上了新片……

就是这么一些细碎的瞬间，会很突然地扎她一下。

她的心还没有完全丧失痛觉神经，所以还能感受到那一瞬的疼痛。

最后一次从阳台上收衣服时，向悠远眺那个建筑工地，惊讶地发现最近复工了。

她的心又扎了一下。

她想起孟鸥和她说过:"等哪天工地竣工了,我满足你一个愿望。"

这个工地的拖延,在整个 A 市都很有名。

向悠嘘他:"那我可能永远都等不到了。"

那时候,她想的是工地可能永远不会完工。

没想到,是他们在这之前先分了手。

向悠婉拒了 A 市的面试,重新投递给了昌瑞的公司,也订好了飞机票,这次她奢侈了一回——

订的是白天时段原价直飞的机票。

如果最后一次还买打折机票,好像有点惨。

离开 A 市的那天,她还打车去了机场——在这里灰头土脸了这么久,预备迎接下一段灰头土脸的日子之前,她要先享受一回。

司机师傅上车就和她唠,比车外的艳阳还热情。

向悠也一一笑着回应,一路看着窗外掠过的街景。

其实,A 市还是挺可爱的,最后一次,她想把它们都好好记在眼睛里。

"你们暑假放到什么时候?"司机师傅突然问道。

向悠怔了一下,摇摇头:"我毕业了。"

"毕业了啊,不打算留在这里了?"

"嗯,不打算留在这里了。"向悠重复道。

"那回头记得多来旅游旅游,A 市欢迎你啊!"司机师傅似乎不允许气氛有片刻的低落。

"好啊。"向悠笑着撒谎道。

到达机场后时间还算充裕,向悠拖着随身行李,慢悠悠地走着。

安检处的人无论何时都很多,她瞄准队尾,不紧不慢地上前。

身后传来脚步声,眼前也有人在跑。大抵是些赶时间的人,想起从前,她和孟鸥在机场餐馆吃得太开心,也差点错过时间——

怎么这个名字又冷不丁地跳出来了。

向悠摇摇头,想把它从脑子里甩出去。

有人从她身后跑到了安检的队伍里,但是背后仍有脚步声在响。

离她越来越近。

她刚准备回头,手腕被人一把扣住。

坚实的、有力的、有点粗糙的一只手。

锁住她一只手腕还有剩。

她停住了转动的脖颈。

她知道这只手是谁的。

"向悠。"孟鸥哑着嗓子喊她,"我和你一起回去吧。"

向悠站定少顷,微微昂头看他。

真奇怪,只是几天不见,他怎么好像憔悴了好多——眼圈发青,眼神疲乏,下巴上的青茬甚至还留了一小块,一看就知道是今早火急火燎刮的,都没刮干净。

向悠不想看他变成这个样子,他们只是分手,不是仇人,她希望他能好好的。

"不用了。"向悠稍稍动了动手腕。

孟鸥似乎还记得她那天说的所谓"好印象"。

她一动，他就松开了手。

但他的眼神一刻没有离开她，他背脊微躬，塌着肩膀，很可怜的样子。

她想起了高中吊儿郎当地站在走廊上，那个意气风发的少年，也想起了换上手工西装后，那个挺拔又威严的男人。

总之，不是面前这个可怜鬼。

向悠和他不一样，她没想过用爱情裹挟任何人，所以她不要他和自己回去，她知道那不是他想要的。

她不会为他妥协，她也不需要对方为自己妥协。

"你怎么这样啦。"向悠笑着看他，摸了摸他下巴上没刮干净的青茬，"漏刮了一块。"

"嗯。"孟鸥应得很含混，眼睛依然牢牢盯着她。

"我要过安检了。"向悠指了指又长了一截的队伍，"就先走了。"

"为什么不要我和你一起？"孟鸥的语气是少有的质问。

"现在说这个已经没有意义了。"向悠淡淡道。

错过了就是错过了。

孟鸥逐渐垂下眼睑，似乎想遮住那不断泛红的眼。

说好的留个好印象呢，胡子不刮干净，精神还这么颓丧，简直糟糕透顶。

"喂，孟鸥。"向悠喊他。

孟鸥抬起头。

下一秒，他的领口被用力向下抓去。

向悠昂头吻住了他。

在这段感情里，大部分时刻她都是被动的那个，无论是确认关系，还是第一次牵手、拥抱乃至更多，都是孟鸥主动的。

只有分手是她主动提出来的。

而现在,她想再主动一次。

来往乘客纷纷朝此处看过来,这种行为在机场里不算罕见,却也绝对不多见。

过去的向悠最在乎这些目光了,但现在她无所谓了,反正她要离开A市了,并且再也不会回来。

下巴上的青茬扎得她有些疼。

温热的眼泪滚进两人紧贴的皮肤里。

比起接吻,它更像是纯粹的双唇相抵。

她一点点放下踮起的脚,然后什么话也没有说,拉着行李走向了安检。

孟鸥看着她的背影,知道他们之间真的结束了。

Chapter 07 / 告别

叫一声她的名字，是开始，也是结束

一个适合聊天的下午

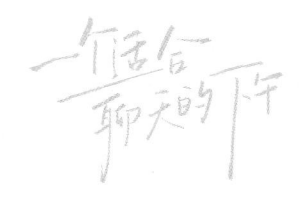

咖啡店内风铃声忽响,又有客人来到了这里。

从向悠的位置,刚好能看见门口的风景。

在余光里,她看到了一个男生和一个女生。尽力拗出的成熟造型掩饰不住两人脸上的稚气,不出意外,他们应该是附近的学生。

两人一路说说笑笑朝柜台走去。不知聊到了什么,男生忽而拽了一下女生的马尾,随后拔腿就跑。女生气得叫着他的名字追上前,两个人在柜台前撞到一起。

陌生又熟悉的场景。

向悠眨了眨眼,收回散开的目光,重又专注地盯着孟鸥。

她已经开口了,她不怕了。

接下来,面对难题的就是孟鸥了。

"如果我回来,你有什么想法吗?"

狡猾的孟鸥又把问题抛了回来。

问题来来回回,就像一只在球网上飞个不停的羽球。一球正中向悠脑门,她被打了个措手不及,来不及反击,只能认命地捡起落地的球。

"和我有什么关系……"很没有底气的一句质问。

"和你没有关系吗？"孟鸥反问道。

"嗯，没有。"向悠嘴硬道。

"有。"

"没有。"

"有。"

"没……"

"有。"没待她说完，孟鸥接上了下一个字。

于是她也不知道他是回了句"有"，还是替她说完了那句"没有"。

她不懂自己怎么突然和孟鸥玩起了小学生的把戏，接下来，是不是还要说什么"反弹""句号"之类的。

向悠决定认输："有又怎么样。"

意料之外的好球。

孟鸥的气焰突然敛了一截，他苦笑了一下："所以你的想法对我来说很重要。"

她的什么想法？

总不能是……

复合？

这场球赛是她挑起的，但是打来打去，把她自己打得晕头转向。

她不知道自己刚刚为什么要问那一句，好像是一时冲动，好像是情绪使然。那种暧昧流转的氛围，让人很容易失控。

现在冷静下来，向悠有点畏葸了。她摸着冰凉的杯壁，因为纠结和后悔，眼角眉梢不自觉地耷拉下来。

孟鸥盯着她看。

看了一会儿，他轻叹了口气："要不咱们还是聊点别的吧？"

像是抓到了救命稻草，向悠抬起眼："聊什么？"

"如果我回来，我还有机会吗？"

向悠一愣。

这哪里是别的！

向悠颇为愤慨地盯着他，因他的言而无信感到不满。

孟鸥被她盯到忍不住笑了出来："生气了？"

向悠动了动眼睛和嘴巴，想把它们调整到一个自然的状态。而后，她欲盖弥彰地清了清嗓子："我不要你因为我回来。"

孟鸥看起来有些意外："为什么？"

"因为我知道你心里还是想留在 A 市。而且，两年多没见了，我真的没法给你什么保证和承诺。"向悠顿了顿，"我、我知道你的意思，但……还是算了吧。"

捡起一段旧感情，很像修补一件碎瓷器。填补得再严丝合缝，新上的油漆再光亮，内里的裂痕也不会真的消失。甚至裂开的那一处自此会变得脆弱，如果再有下一次，大概率会从同一个地方开裂。

一个地方伤两遍，多疼啊。

孟鸥的双眼一瞬间黯淡下去。

他低头喝了口饮料，喉结滚得极为缓慢。

"向悠，怎么办呢？"他问。

"什么怎么办……"

一番义正词严的话说完，向悠又被抽干了底气。

"我今天怎么会遇到你呢？"孟鸥颇为自嘲地笑了一下。

向悠也想问这个问题。

怎么就这么巧呢？

一千天了，这一千天她过得多好啊。

她升职加薪了，又从合租换作了整租，日子虽然忙碌但很充实。考公失败算是一大挫折，但她好歹第一次就通过了笔试，说不定下一次就成功了呢。

偏偏在这第一千天，手机软件很没眼力见地提醒了她。她自己也想不开，非要在新开的咖啡店喝这么贵的咖啡。

然后就很不凑巧地遇到了前任。

"算了。"孟鸥看起来有些烦躁，"你什么时候结婚？别喊我喝喜酒，我不会出份子钱的。"

"那你也别喊我，我也不会出。"这种话谁不会说。

"我开个玩笑。"孟鸥干笑了两声，"总不能真抠搜这千把块钱吧。你还是告诉我吧，我托人转交过去。"

好无聊的玩笑。

"我不会告诉你的。"向悠板着脸回他。

"为什么？"

这还用问为什么吗？大喜的日子，干什么要让前任来扫兴。

向悠撇撇嘴："不差钱。"

她说得一本正经，还有点凶巴巴，结果孟鸥听完，没忍住笑出了声。

他笑到躬下腰，一只手撑着桌沿，整个人都在抖。

"这么厉害呢向悠悠。"他边笑边说，"小富婆啊。"

"你笑什么啊……"

这句话有这么好笑吗？

孟鸥闷咳几声，一点点止住了笑。

"你想跟什么样的人结婚？"他问得很像是访谈节目的主

持人，语气温柔和煦。

怎么都是这种难回答的问题。

向悠宁愿回去做逻辑推理。

她想和什么样的人结婚呢？

小时候想和王子结婚，不过到了小学高年级，就没再做童话梦了。

再次想到结婚，可能是高三返校那天。孟鸥怎么都不肯放开她的手，当着班主任的面，说要请全班喝喜酒。

再后来想到结婚，就是那短暂的上一段。不是想和他结婚，而是因为他，开始重新审视婚姻这件事。

然后她得出了一个很悲观的结论——

"适合的吧。"向悠说。

孟鸥眨了眨眼，重复道："适合的？"

"嗯。"

没有王子，也没有孟鸥。

那就只剩下世俗意义上"适合的"了。

孟鸥"哦"了一声。

是对她的答案感到失望吗？

风铃声又起，有人推门离开。向悠抬头望去，在看到顾客前，视野先一步被大片的夕阳所占据。

同朝霞一样漂亮丰盛，却代表着消泯。

不知不觉，时间原来已到傍晚。

她低头喝了口饮料，皱起眉："我喝不下去了。"

一杯咖啡已经够填肚子了，这杯又太难喝，她不想勉强自己了。

"那就不喝了。"孟鸥说。

在咖啡店不喝咖啡，也没有留下去的必要了。

"那……我先回去了。"向悠道。

孟鸥没说话，只是看着她，那目光直接到不加掩饰，就那么定定地看着她。

可她不敢回看，唯恐一不小心就掉进那片深潭里。

向悠突然有点鼻酸，手足无措地摸起棒球帽。

在盖上头顶前，她听见孟鸥喊她："向悠。"

向悠匆匆忙忙盖上帽子，视线瞬间被挡住一半。

"嗯。"她干巴巴地应道。

但是孟鸥没有再说话了，好像只是想喊一喊她的名字。

两个人默契地起身，一道向外走去。

经过那对学生身边时，向悠无意听了一耳朵八卦。

"班长昨天早上是不是给你送了块三明治？"男生问道。

女生好奇道："你问这个干什么？"

男生别开眼："随便问问。"

"喂。"女生伸手拍拍他，"我喜欢金枪鱼口味的。"

后面的对话被淹没在风铃声中。

这次，是向悠推开了门。

今晚的天色灿烂得不像话。

向悠最后看了一眼孟鸥。

他的一身黑，在夕阳下被笼上一圈金光，温暖了几分，但也模糊了几分。

向悠摆摆手："那我回去啦，路上当心。"

她等了两秒，没等到回应后，转头朝地铁站的方向走去。

第一次对话，是那个下午。

男生和人聊完，才想起这桌的收费单没发，他回身抽出一张放在桌上,发现女生正满脸不满地看着自己。

男生有点奇怪,过分自觉地弯腰在课桌上翻了翻。

他抽出语文课本,翻开扉页念着上面的名字:"向悠?"

孟鸥对她说的第一句话,是她的名字。

经过了漫长的叙述后,又以她的名字为结。

再无下文。

番外一 / 新的起点
能不能回头看我一眼

一个适合
聊天的下午

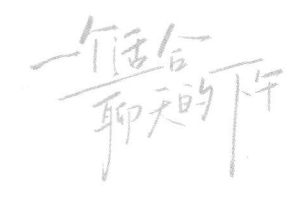

1

跨年那天，向悠照旧没能回老家。

每到年末，她就忙到找不着北，到处跑来跑去监盘，报告写到飞起。

灰头土脸地忙了一天，待她走出办公室时，走廊一片漆黑。

大冷的天为了跑仓库，向悠特地穿了件一直裹到脚的黑色羽绒服，毫无设计感可言，好在足够保暖。

在离开公司前，她折去卫生间打量了一下自己。

素面朝天，随手一抓的马尾，羽绒服领子不知何时折了一角进去。

向悠皱眉理了下领子，又将羽绒服拽平整了些。

她从包里翻出隔离，想着要不简单打一层时，电话响了。

"向大小姐，你什么时候到啊，我们这边肚子饿得都唱交响曲了。"刘鹏的声音从那头传来。

"我不是让你们先吃，别等我了吗？"向悠匆匆忙忙将隔离丢回包里，一边朝电梯间跑去，一边应着，"我才刚下班，还有一会儿呢,你们给我留一口就行了。"

"那可不行。算了算了,我们就当吃夜宵了,路上当心啊。"

"嗯,我尽快。"向悠放下电话,有些感动地弯了弯嘴角。

今年年末,刘鹏照旧召集了一大帮没能回去跨年的可怜打工人,约着在外面聚上一餐。

据说这次,他还把邻市的老同学也喊过来了。

在社会上摸爬这些年,他的组织能力越来越了不得。

年末的地铁不似往日拥挤,加班到这时候的,估计也没几个。

地铁站内有人卖花,小姑娘逮到一对情侣,就跑去和男生哥哥长哥哥短,哥哥爱姐姐就买束花。

向悠若有所思地看着,小姑娘被冻红的双颊比她怀里的玫瑰还鲜艳。

本以为单身能逃过一劫,没想到小姑娘张望了一圈,和向悠对上了眼。

时刻表上显示下班地铁还有起码三分钟,向悠无奈地看着小姑娘抱着花跑来,对着她开口就是一句:"姐姐,一个人也要好好爱自己哦。"

都是从哪儿听来的营销话术,真够与时俱进的。

"拿一束吧。"向悠苦笑道。

她向来不太擅长拒绝,面对老人和小孩更是如此。

花不算便宜,包装得也不算好看,不过本身还是漂亮的。

向悠摸着绸缎般的花瓣,突然心情好了几分。

一个人也要好好爱自己。

她想起了小姑娘的这句话。

虽然是作为消费主义的糖衣炮弹打出来的，但作为一个每天辛勤忙碌的普通人来说，偶尔也想花钱买点开心。

向悠就这样抱着玫瑰上了地铁，又赶到了饭店。

一路上有不少人看她，大概这么一身朴素的打扮，和这捧娇艳的花不太相匹。

她其实也想稍微拾掇一下自己。

不过一个是碍于时间紧促，还有一个大抵都是老熟人，每年都见面，没必要费心打扮。

前几天平安夜，大家刚吃了顿饭。

又是外出监盘的一天，向悠下了工，裹着件灰扑扑的棉袄就去了饭店。

刘鹏打趣她，说她成天穿得这么"清心寡欲"，有桃花都被她自己掐断了。

"桃花几块钱一朵？"向悠饿得很，往嘴里塞了一大块肉，"有这时间去打扮，不如多睡一会儿。"

"工作害人不浅啊。"刘鹏颇为感慨，"你怎么越活越糙了。"

向悠拿着筷子的手顿了一下。

她好像确实过得糙了点，不仅是不爱打扮，而是整个人的精气神都有些颓。

每天想着工作，想着考公，这些已经充斥了她整个儿大脑。

她必须把它塞得满当当的，才能挤出去一些东西。

…………

在服务生的指引下，向悠一路上到了二楼包厢。

门一推，包厢里的人纷纷扭头看她。

大家怔了一下，齐齐欢呼起来。

"向大小姐，你终于到了。"

151

"回头不请我们唱歌说不过去啊。"

"我们可一筷子没动，就等着你呢。"

……

众人七嘴八舌的，起哄成一片。

向悠有些尴尬地笑着："真不好意思，大家等下想去哪儿续摊，我请。"

包厢里的空调很足，她一边说，一边脱下长长的羽绒服。又是包又是花，脱个衣服属实不太容易。

刘鹏赶忙上前搭把手，接过她手里的东西："有动静了？"

"什么？"向悠一怔，才意识到他指的是那束花，"我给自己买的。"

"哪有人给自己买花的啊！"刘鹏帮她挂起羽绒服，"你要是想要花，在座肯定有人愿意给你买。"

"对！"

"就是！"

大家纷纷附议。

"那我也不愿意要啊。"都是老熟人，向悠笑着开了句玩笑。

刘鹏回头望向众人，声音抬高了几分："孟鸥，她不要你的花。"

向悠里面的毛衣有些向上缩起，她低头专注地拽着毛衣，感觉耳边好像飞过去了什么字。

那两个字悠悠然飘来，像什么外文似的，让她在脑海里翻译了一遍才读懂。

孟鸥。

孟鸥？

向悠几乎是条件反射地抬起头，重又看向了这帮人。

十几个人刚好围满了圆桌,中间的羊肉汤热气腾腾,雾气缭绕。

而在雾气后的角落里,有个陌生又熟悉的身影。

被提到的孟鸥尴尬地笑了一下,没说话。

向悠匆匆收回目光,又看向刘鹏。

"这就是你说的那个邻市的?"

"是啊。"刘鹏毫无愧色。

A市如果算邻市,那阿根廷也能算邻国了。

向悠无心和他争辩,皱眉开始搜寻自己的位置。

门口没有,两边没有。

只剩那个雾气蒙蒙的角落。

向悠再次不满地看了刘鹏一眼,偏偏对方装傻道:"快坐啊向大小姐,我们等半天了。"

一桌人都在盯着她看,在这个时候耍性子,未免显得太小家子气。

向悠咬紧牙根,朝角落走去。

没待她走到,角落那人忽而开口道:"刘鹏,你跟一群姑娘坐一块儿像话吗?"

刘鹏惊讶地看向他:"不是,你这人怎么翻脸不认人啊。"

"快来,我这位置给你留的呢。"孟鸥招招手,"咱们男女有别。"

刘鹏无奈地低骂了一句,起身道:"向悠,你坐这儿吧,我去会会那孙子。"

"谢谢。"向悠的声音不大,刘鹏怕是没听到。

也不知道是说给谁听。

严格说来,这个位置其实是在男女分界线上。向悠一落座,就和左边的姑娘寒暄了好几句。姑娘也是可怜,夹的一片牛肉悬在半空,忙着应她的话,都没能吃上一口。

最后,向悠实在不好意思,自己结束了话题,尴尬地抿了口水。

她拿起水杯,再微微昂头喝水,不可避免地就要望向对角线上的那位。

他也脱了外衣,里面是件深灰色的羊绒毛衣,看起来颇为温暖。

雾气弥漫间,他的面貌不甚明晰,周围人都在吃饭,便显得筷子都没握到手的他有些格格不入。

他好像只是以一个局外人的身份坐着,偶尔抿上一口酒。

一双眼在雾气中忽隐忽现。

彼此的目光便也时续时断。

向悠放下水杯,顺势低下头。

她有些吃不下了。

她想起那天咖啡店的偶遇,那晚的她辗转反侧,少有地失眠了。

第二天,她请了个假。

没有工作,也没有学习,只是机械地准备一日三餐,洗漱,做家务。

做完该做的事她就发呆,坐在床上,坐在沙发上,坐在阳台上,走到哪儿就在哪儿发呆。

整个人木木的,这感觉有些熟悉。

就像当初刚和孟鸥分手后一样。

一千天后的重逢,让她重温了一遍分手的滋味。

孟鸥这个人,有够残忍的。

"你怎么不吃呀？"左边的姑娘问她，"没有喜欢的菜？"

"不是不是，下午茶吃得太饱了。"向悠撒了个谎，随意夹了一筷子凉拌黄瓜。

再好的菜在嘴里也是食之无味，向悠觉得刘鹏这个人有点不厚道。

要是知道孟鸥在，她就不来了，还不如回去，一个人好好享受一顿跨年大餐。

餐桌上的聊天很热闹，声浪一波高过一波。

大家聊着聊着，突然有个男生起身道："今年过年，我打算结婚了，回头请大家喝喜酒！"

恭喜声响成一片，向悠也合群地朝他举了举杯。

偏偏有人提了一句："我还以为孟鸥会是最先请我们喝喜酒的呢。"

"对啊，当初还是在老师面前说的。"有人附和道。

饭桌上眼神流转，不少人频频望向向悠。她有些烦躁地捏紧杯子，后悔聚餐的情绪越发浓烈。

"你们这么喜欢吃酒，回头给你们特地办一桌行了吧。"孟鸥说着，冲男生一举杯，"浩哥，新婚快乐，百年好合。"

"你也抓紧啊。"王浩说着，仰头喝下小半杯酒。

向悠抿了抿唇，为了掩饰尴尬，习惯性地拿起水杯。

但想着孟鸥还举着杯子，她又生硬地放了回去。

碗里突然被夹来一只春卷，左手边的姑娘冲她笑道："这个好吃，你尝尝。"

向悠赶忙夹起春卷，像抓住什么救命稻草似的，用力咬了一口。

男人多的饭局总是很无聊，聊聊工作聊聊生活，每句话的最后都是劝酒。

好在向悠在第一次就表明了态度,谁也敬不动她。

但孟鸥就不太一样了。

他还是第一次来到这个饭局,多少算个新人,自然也会挨点"欺负"。

朝他敬酒的一个接着一个,孟鸥孤立无援地"舌战群儒",嘴里占了上风,行动上还是软了一截。

向悠眼睁睁看着刘鹏给他满上了第四杯酒。

这个刘鹏。

向悠在心里嘀咕了一句。

糟糕的跨年夜都怪他。

至于这个"他"是指刘鹏还是那个谁。

向悠也不知道。

果盘已经呈上,饭局终于来到了尾声。一群人聊着续摊的事,向悠还记得之前的承诺,开口道:"大家等会儿想去哪儿,我请客。"

一开始男生嚷嚷着要去酒吧,女生见这一群醉鬼,纷纷表示拒绝。

聊来聊去,最后大家决定去唱歌。

大部队开始向外行进,向悠起身穿上羽绒服,抱起了那捧玫瑰。

"刘鹏。"人走得七七八八时,向悠回身道,"你过来一下好不好。"

"又怎么了向大小姐。"刘鹏丢下身边醉到不省人事的孟鸥,嘴上不情不愿,但还是快速走上前道。

"我现在把钱转给你,你组织一下吧。我……我明天还要上班,就不去了,帮我跟他们说声不好意思。"向悠道。

"明天?"刘鹏难以置信地眨了眨眼,"这什么公司啊,元旦还上班啊。"

虽然向悠的公司常常加班无度,但该放的假倒还是会放。

可惜它的员工此刻很不厚道地诋毁道:"是啊,没办法。"

向悠本就不喜欢这种场合,一群人围在屋子里鬼哭狼嚎,烟来酒去,想想就叫人头疼。

更何况……向悠看了眼角落的醉鬼。

为了今晚睡个好觉,她最好早点远离他。

刘鹏痛骂了两句她的公司,最后还是应了她的请求。

他穿上外套准备走的时候,向悠忍不住拽住了他。

"你……不管他?"她指了指角落。

刘鹏扭头看了眼:"你觉得他能唱歌?"

"那你也不能把他丢这儿啊。"向悠的语气里带了点不满。

"你不是不去吗,你管呀。"刘鹏冲着门口扬了扬下巴,"我还得安排他们唱歌呢,哪有空啊。"

"你管不了,你今晚给他倒那么多酒干什么?"

包厢里就剩下他们俩,一点小动静都很清晰,向悠不得不压低了声音,眼里的不悦倒是越来越显著。

"等等,你现在是在跟我发火?"刘鹏脾气再好,此时也有点委屈,"酒又不是我劝的,我搭把手帮个忙而已。"

"你不能不倒吗?"向悠的气焰敛了几分,但还是碍于面子嘴硬着。

"不是吧你。"刘鹏拧眉打量着她,"我对你多好,你怎么还为着别人跟我发起火来了,伤人心了啊。"

向悠心里乱糟糟的,说不出话来。

157

她也不知道自己怒从何处起。

说真的,孟鸥喝多少,有没有人照顾,跟她有什么关系。

"算了,你走吧。"向悠将他向外推了推,"那个……不好意思。"

"我大人有大量,原谅你了。"刘鹏拍拍她的肩,"努努力,争取领先王浩一步。"

包厢门在一阵"吱呀"声中被虚掩上。

向悠还在想刘鹏的最后一句话,什么叫"领先王浩一步"?

她费劲地回想着,想到了王浩刚刚在饭局上宣布的婚约。

这个刘鹏!

向悠现在意识到,这一整场饭局,很可能是一场鸿门宴。虽不是完全因她而定,但也顺带给她设了局。

可就算意识到自己入套了,向悠也不知该如何脱身。

她扭头望向角落。

没了腾腾的水雾,她终于看清了孟鸥的脸。

他整个人倚靠在椅子上,歪斜着脑袋在睡觉。那深潭似的双眼总算合上,连带着戾气也被一道抚平,是少有的乖顺模样。

桌上一片残羹冷饭,便显得独一个在桌边的他更为可怜。

向悠好像没法置之不理。

就算是在路边看到了醉到不省人事的陌生人,她也会想着多少帮把手。

她有些恨自己的心软——

一边恨,一边还是走上前。

距离两三米的时候,便能闻到他身上的一阵酒味。浓郁的红酒味,像是碾了一地的烂葡萄。

孟鸥睡得很熟,以至于向悠坐在了他身边,他都没察觉。

向悠尝试着拍拍他的脸，没反应。

一米八几的大个儿，她也没法把人扛走呀。

向悠又开始怨起刘鹏来，就算给她设套，好歹也考虑下实际情况啊。

这下怎么办好。

向悠拿出电话，愤愤给刘鹏拨去。

忙音响了一串，最后自动挂断了。大抵周围人太吵，他没听见。

向悠叹了一口气，无奈地再度扭头看去时，突然对上了一双眼。

"唔！"她吓得整个人往后仰去。

孟鸥眼疾手快地抓住了她的胳膊，待她稳住身体后，便收回了手。

他整个人看起来无比疲惫，双眼微眯，似乎在努力对焦。

收回手后，他不自在地动了动身子，稍稍坐直了几分。

"你醒了？"向悠问了句废话。

"嗯。"他的声音哑得吓人。

"你刚刚不会是……装睡吧？"向悠抛出了一个虽然大胆，但不无可能的猜想。

孟鸥缓缓扭头看向她，牵动着嘴角似乎是想笑一笑，可惜以失败告终。

他无奈地舒了一口气："没。"

看他这副神志没有完全清醒的样子，确实不像在骗人。

向悠还想说些什么，身边的人又道："几点了？"

她按亮手机："快十点了。"

孟鸥"哦"了一声，有些难受地揉揉太阳穴："你怎么还没回去?"

这是个什么问题,向悠瞥他:"那你怎么办?"

"我……"尾音拖长变成了叹息,"不知道。"

"你住哪儿,我把你送上出租车吧。"向悠道。

孟鸥报了个小区,语音含混到向悠让他重复了三遍。

第三遍后,他拿出手机:"我自己来。"

偏偏他醉眼蒙眬,手机屏幕都看不清。

他烦躁地将手机丢到桌上:"你回去吧,不用管我。"

向悠是不想管他,留下来只是出于一点多余的善心。

她又打量了一转孟鸥,依然是醉得稀里糊涂的样儿,不过人还算平静,神志也没有完全迷糊。

理智在心底告诉她,她应该离开。

她对孟鸥已经仁至义尽。

向悠"哦"了一声,再次拿起放在旁边椅子上的花和包。

孟鸥盯着她手里的花看,眼里的神色晦暗不明。

像是忧心他会抢走似的,向悠将花抱紧了些。

而后,她站起身来,将将迈出一步,袖口忽然被人抓住。

孟鸥像小孩子似的,用三根手指捏着她的袖口,看起来有几分局促。

向悠停住脚步,面露不解。

孟鸥侧过身子,仰头望向她。

可能是因为醉了酒,他眼里蒙了层水汪汪的雾气。

"向悠。"他说着,还扥了下她的袖口,"你管我一下呗。"

2

刚刚让她不要管的是他,现在让她管的也是他。

这个人怎么总是出尔反尔。

向悠不想管他,但她好像没法狠心推开揪着她袖口的这只手,也没法直视那因酒醉而泛红的双眼——

蒙了层水雾,看起来颇为可怜。

"那你认真说一遍,你到底住哪儿。"向悠坐回原位,重又拿出手机。

"花是谁买的?"孟鸥给了个驴头不对马嘴的回答。

向悠将手机倒扣在桌上,睨了他一眼:"我不是刚来就说了吗,我自己买的。"

孟鸥眨眨眼:"真的?"

不是那种语气强烈的反问,反倒像个没安全感的小孩,在小心翼翼地确认什么。

"真的。"向悠道。

孟鸥垂下眼大抵是在思考,末了艰难地又望向她:"真的?"

向悠深吸一口气:"真的。"

"真的是你自己……"

"假的。"向悠半是赌气地打断了他,"是别人买的,好了吧。"

孟鸥突然不说话了。

他刚刚一遍遍询问真假,得到了这个答案后,却没再问买花的人是谁。

他只是眯眼在桌上摸索,一把抓住了向悠的手机。

"这是我的。"向悠拍他的手,夺回了自己的手机。

孟鸥翻过手掌,盯着自己空空的手心看了两秒。

他再度在桌上摸索,终于顺利地拿到自己的手机。

向悠好奇地看他。

看他依然在很艰难地打字，盯着屏幕也不知道在说给谁听："你走吧，不用管我了。"

向悠哑然失笑："那你刚刚把我拽住干什么？"

孟鸥打字的手顿了一下，没说话，末了又继续输入。

也不知道一行地址要被他输入多久，此刻的他像是刚接触到智能手机的老年人，打个字颤颤巍巍的，生硬又笨拙。

向悠回忆了下，才发现这是她第一次看到孟鸥喝醉的样子。

高中时自然是不会喝酒的，大学约会时，两人也不会去什么配餐酒的店。倒是有一次两人回老家参加高中同学聚会，有同学点了酒。

不过那次孟鸥开了他爸的车，最终也滴酒未沾。

那也是向悠第一次坐孟鸥开的车，彼时他才刚拿到驾照没多久。向悠害怕得很，上车前揪着他的袖子："我们要是出车祸怎么办？"

孟鸥笑她："你能不能说点好听的啊。"

"我害怕啊……"向悠小声嘟囔着。

"怕什么。"孟鸥一边说，一边百无聊赖地玩她的卫衣抽绳，"我看起来就那么不可靠？"

向悠想了想，很小声地"嗯"了一声。

孟鸥这个人，从长相、性格到行为，没有哪一处与可靠有关的。

果不其然，话音刚落，孟鸥把兜帽往她脑袋上一扣，又把抽绳一抽。

帽口瞬间缩成一小块，向悠费劲地睁大眼往外看。

这是可靠的人会做的事情吗！

"看不到就不怕了。"孟鸥隔着帽子摸摸她的脑袋，边说边笑。

"去你的!"向悠低头给他来了个"头槌"。

孟鸥跟跄着退开两步,看她手忙脚乱地拨了下自己的帽子,头发被弄得乱糟糟的。

理完帽子她又开始理头发,把发丝一缕缕往耳后别,偏偏风太调皮,总过来捣乱。

孟鸥看着看着,没忍住笑出了声。

然后换来向悠掩在碎发下的一个瞪眼。

"我好好开。"孟鸥的表情严肃了几分,"不可能让你受伤的。"

向悠将最后一缕头发拨开,想了想,没再说什么。

虽然她嘴上总说他不可靠,但心里其实一直很相信他。

不过,还是不要让他知道自己的信任比较好。

那是辆沃尔沃的七座SUV,看起来块头不小,向悠一上车就扣紧安全带,缩在副驾驶上。

孟鸥倒是悠闲得很,一边选音乐,一边还逗她:"就这么害怕?"

向悠睨他一眼,不想回答。

"想听什么?"孟鸥问。

向悠依然不说话。

没等到回答,孟鸥就自己挑。

结果前奏一起——

孟鸥挑了首《Highway To Hell》!

摇滚乐透过极佳的音响传出,向悠感觉整个人都在震。

她把住安全带,恍惚间觉得自己是只待宰的可怜羔羊,也没人告诉她,谈恋爱还要用命来下赌注的!

心理建设做了一大堆，等到真的上路，向悠居然觉得还不赖。

孟鸥开车时一改平日的吊儿郎当，认真到双唇抿成一条线。他连话也不说了，全神贯注留意车况，起步刹车都来得很稳，向悠逐渐放下了抓住安全带的手。

难得和他待在一起这么久，都没听到他胡扯。

向悠居然有点不习惯了。

她斜倚在座位上看他，看他严肃的侧脸，也看他流畅的打盘动作。唯有手背上因用力而凸起的青筋，暴露了他还是个新手。

前方是个红灯，孟鸥缓缓停在停止线前。他松开方向盘，整个人靠在椅背上，侧身和她对上了眼："现在还怕不怕？"

向悠不想夸他，又不想撒谎，和他对视了一会儿后，忍不住甜甜地笑了。

孟鸥伸手摸摸她脑袋，轻笑道："胆小鬼。"

她上车前才理好的头发！

向悠用力打掉他的手，拉开镜子开始理头发。

好不容易理得差不多了，向悠刚收起镜子，头顶又按来了一只手。

而且这次，他绝对是故意的，揉得格外用力。

向悠顶着一头乱发气得要打他，却见他一脚油门过了马路，故作严肃道："开车呢，安全起见，请友善对待司机。"

可恶！

向悠在心里狠狠记下了一笔。

等下车她一定要狠狠报复回去！

最后，他们算是有惊无险地抵达了目的地——

"惊"的全在向悠心里。

孟鸥还很臭屁地给她展示了一次性倒车入库成功，他懒洋洋地靠在车边问她怎么样。

向悠撇嘴："一般。"

其实是有点帅的。

"你怎么，"孟鸥上手捏她的脸，"怎么就不能说我句好话。"

向悠还记着刚刚车上的仇呢："就不说！"

不夸他他都这么自恋，要是夸上两句，那还得了呀！

向悠软软的脸蛋对孟鸥来说似乎很有趣，他也不顾向悠愤恨的眼神，自己倒是玩上了瘾，搓来捏去。

向悠忍无可忍地要拍他的手，结果被孟鸥眼疾手快地按下。

而后他一低头，很响亮地亲了向悠一口。

向悠被亲了个措手不及，都忘了自己还没报仇。

得逞的孟鸥笑眯眯地盯着她看，在她回神前道："我怎么可能舍得让你有危险，得知今天要载你，我可提前一周天天找教练陪练呢。"

向悠抿了抿唇，心里稍微有点感动。

孟鸥继续道："我载我爸的时候，都没找人陪练过。"

向悠忍俊不禁："那你可真孝顺。"

"那是。"孟鸥很懒散地一点头，"可能因为我爸就是陪练吧。"

这个人说话怎么一套又一套的！

后来，向悠还坐过很多次孟鸥开的车。他的技术越来越熟练，姿态也越来越放松，甚至开车的时候，还能和她插科打诨上几句。

偏偏向悠胆子小，不敢在这种时刻和他辩论，更不敢对他动手动脚。

于是每次坐完孟鸥开的车,她都是一肚子气。只是很快,又被孟鸥"咕噜噜"放完了。

总之,向悠见证过很多他成长的时刻,但依然还有不少没见过的特别瞬间。

比如今天第一次看他喝醉。

孟鸥似乎是打完车了,也可能是放弃了,随手将手机丢回桌上。

向悠开口道:"打好车了吗?"

孟鸥低下头,整个人很烦躁的样子:"你别和我说话。"

谁想和他说话啊!

向悠心头不悦,想着要怎么回嘴时,耳边又传来一句。

"不然我不知道怎么控制自己。"

他双肘搭在膝上,佝偻着背,憔悴又疲累。

那句话是他对着地面说的,声音哑得好像在老旧风箱里滚了一转,比起说给她听,更像在自言自语。

向悠的火气堵在喉口,上不来,又被心头新漾起的波澜挤着,退不回去,堵得很是难受。

在这种碰撞下,产生了一种奇怪的化学反应。

向悠突然开始好奇:"控制什么?"

少顷的安静过后,孟鸥一点点扭过头,从下往上看她。

在他的眼里,有种意味不明的火焰在跳。

烧得向悠开始慌张。

"花真的是你自己买的吗?"孟鸥道。

天知道这个问题要被他问多少遍,但向悠决定还是耐心地回答他:"真的。"

一只手突然攀上她的后颈。

孟鸥用力将她按下来,迫使她弯下腰,同他鼻尖相抵。

向悠紧咬牙根,依然止不住狂乱的心跳。

酒气弥漫间,嗅着这浓郁的红酒味,向悠恍惚间觉得自己也醉了。

孟鸥的双眼近看更为吓人,血丝弥漫,带着仿似野兽狩猎时的目光。

"向悠。"他一边说,拇指一边轻轻摩挲着她的后颈,"我可以吻你吗?"

狂风大作的开场,却迎来了毛毛雨般的礼貌请求。

可她的心脏已经开始超负荷了。

她不知道怎么回答,也不知道拒绝是否会奏效。

眼前的孟鸥看起来很可怕。

于是她的泪腺开始正常工作,帮她倾泻一些恐惧。

向悠不说话,嘴唇在抖,眼泪一滴滴往下滚。

孟鸥有些着迷地望着她的眼泪,逐渐停住了手上的动作,而后,向她一点点逼近。

只是最后的落点不是嘴唇。

孟鸥低下头,砸在了她的肩上,砸得她身子一晃,被迫抬起手扣住了他的背。

没有比这更难受的拥抱姿势了,又或者这根本不是一个拥抱,而是两个摇摇晃晃的人在互相扶持。

她听见孟鸥在她肩头说话。

比起耳朵,好像是心脏先一步接收到共鸣,带起不稳定的震颤。

"向悠,我跟你回来行不行?我哪儿都不去了,我就跟着你。"

向悠原本摊开的五指一点点蜷起，揪住了他的毛衣。

他还在喃喃着："你去哪儿，我就去哪儿。你不是想考公吗？你考哪儿，我就去哪儿，考到郊区就去郊区，考到乡下咱们就下乡。

"向悠。"他继续道，"你行行好，别不要我，行吗？"

3

A 市的秋天一年比一年干。

这天早上孟鸥起床时，感觉鼻子有些不舒服，他横着手指一抹，带下了一手背的血，看起来怪骇人的。

对着镜子收拾好自己后，他没急着离开，而是在镜前看着自己。

看了二十多年的一张脸，不知为何越看越陌生。

他现在租的房子在一个老小区，房东是个老大爷，七十岁的高龄身子骨依然硬挺，总是笑得很爽朗。

他租在这里算是捡了个漏，本来是看上了小区的另一套房子，等中介的时候，和大爷搭上了话。

那时候前任租户刚退租，两人唠了一会儿，最终，大爷以一个低于市价的房租，把这套房租给了他。

大爷的退休金比他的工资高，手里还有好几套房，出租纯粹是为了赚个零花钱，以及排解无聊。

两人没事会唠上几句。大爷说，当初愿意便宜租给他就是和他看对了眼，觉得他是个不赖的小伙子。

"我有个孙女，刚十八岁，你有兴趣等等不？"大爷半开玩笑道。

孟鸥赔着笑，觉得尴尬得很："不太合适吧。"

"那我还有个侄孙女，比你大一岁，是个医生，怎么样？"对老人来说，说媒似乎很适合打发时间。

孟鸥摇摇头："我自己还没站住脚呢，现在不考虑这些。"

"等你站住了再考虑，那就晚啦！"大爷一副很有经验的样子，"我遇到过太多你们这种人了，光靠打工，怎么也得到三四十岁才有机会吧，难道你到三四十岁再找？"

大爷拍拍他："你动动脑子，你努力工作是为了啥？"

那时候孟鸥想，他努力工作，是为了在 A 市立住脚。

立住之后呢？

他不知道，又或者不愿去想。

申请退租的时候，大爷看起来很惊讶。

"多可惜啊，这不是待得好好的，怎么就要走了？"

似曾相识的话，领导也和他说过。

现在想起来，孟鸥依然觉得很抱歉。

那时候领导把他喊到办公室，告诉他，他的公司落户申请已经批下来了，而且下个月有领导要退休，他的直系上司会顶上去，公司有意让他填那个缺。

领导看起来喜气洋洋的，为他而高兴。

可孟鸥高兴不起来。

他跟领导道了个歉，回去后把写了一半的辞呈匆匆结了尾，递交了上去。

领导看起来和大爷一样惊讶，还带了点失望和恼怒："你马上就要是 A 市人了，走什么？"

孟鸥低着头，解释的话堵在心口，最终只说了句"对不起"。

他即将离职的消息很快传遍了整个部门，大家纷纷来找他

169

道别。

部门里有一大半都是外地人,他们很能理解孟鸥的心情。

但同样也很疑惑——

孤身在这里拼死拼活,不就是图个户口吗?怎么快到手了反而要走了?

从正式离职到回去,中间还有一天的空余,孟鸥坐地铁来到母校,以此为起点一路向前。

他开始重新审视这座城市。

这座给他带来了梦想和破灭,希望和失望的城市。

他在大学里有个很好的朋友,叫邹旭。

邹旭是他的同班同学兼舍友,两人都是一个省的,也算是半个老乡。邹旭的家庭条件没有他的好,就读高中的教学条件也不如他的厉害,但邹旭比他要努力得多,所以最终他们站在了同一个地方。

四年的大学时光弹指一挥间,两人都决定留在A市,也都迈出了立足的第一步。

那时候的孟鸥很傲,他手拿名牌大学毕业证,有着漂亮的履历,周围人还在徘徊的时候,他就已经找到了很不错的工作。

世界是他脚下徐徐展开的画卷,他觉得自己的未来一片光明。

而在他构想的未来里,自然处处有着向悠的身影。

短暂的同居已然构成了他蓝图的一部分,他想和向悠一起努力,共同在这里组建他们的小家。

可是现实不遂人意。

当他意识到向悠是很认真地想要离开时,他整日整日地陷在迷惘之中。

长这么大，他是第一次有这种感觉，那种人生不受掌控、漂泊无助的感觉。

他想要自己的未来，也想要向悠，但最终他必须做出选择。

他和邹旭说了这件事。

邹旭是个单身汉，没谈过恋爱也不感兴趣。他整个人就是一台不断向前的机器，对着目标高歌猛进，心无旁骛到有时候令人生惧。

这件事对于邹旭来说不是难题，他甚至万分笃定道："你要是因此回去了，以后肯定会后悔。"

孟鸥心里隐隐认同邹旭的想法。

从他第一次来到 A 市，他就想留在这里，为此他做了无数努力。

但他也没法放下向悠。

因此他四处打听四处找关系，终于帮她也寻了个好去处。

他想，如果只开一个空头支票，肯定没人愿意相信他。他决定先把一切都安排妥当，再去商议。

但他没料到的是，向悠比他想象中的要固执得多。

回顾这些年共度的时光，在他眼里，向悠是个很特别的姑娘。这种特别倒不是出于他对她的爱，在他们认识没多久的时候，孟鸥就觉得她很不一样。

她有一个独属于自己的小世界，还总是会毫无预警地躲进去。

迟钝和聪慧这两个矛盾的词，在她身上能完美融合。

她天真又单纯，善良又赤诚，像只易碎的瓷娃娃，却意外坚韧。

孟鸥喜欢她的一切特质。

偏偏最后也因此而结束。

被宣布分手那天，孟鸥有点赌气。他总觉得，向悠甚至都没有听一听他的计划和安排，便给他判了死刑。

虽然要到很久之后他才意识到，在这之前，明明是他无数次忽略了向悠的意见。

两个人就这么匆匆分别。

孟鸥有点恍惚。

快五年的感情，原来是一瞬间就能断掉的吗？

反正他断不掉。

他给向悠打电话、发短信，得到的却是忙音和叹号。

到最后，他费尽周折，打听到了向悠要回去的日期。

前一天，孟鸥在租屋坐了一晚。他呆坐在窗边，那晚的月亮特别圆，偏偏映照的是分离。

一整晚，他一遍遍地回想他们四年多来的感情。

没有想未来，没有想梦想。

向悠，向悠，他满脑子都是向悠。

原来在真的要失去的时候，他才明白自己有多需要她。

他是第一次谈恋爱，笨拙又幼稚，完全依着本能行事。有时候犯嫌起来，连他自己都觉得自己讨厌。

但他控制不住，一在向悠面前他就本性毕露。在她面前，他是放松的、快乐的、自由的，再也没有人像她一样，能让他全身心地做自己。

天一亮，他顶着个黑眼圈，匆匆拾掇了一下自己便赶去了机场。

他什么也不要想了。

什么前途未来梦想，什么空洞又缥缈的东西，他都不管了。

他只知道，他爱的人真的要离开他了。

向悠是一个多么容易心软的人啊。

无论之前他怎么惹她生气，最后她都会原谅他。

每次遇到乞丐，她总会捐上一点钱，看到瘸腿的小猫，她也都会红了眼眶。

但是那天，向悠突然变得很残忍。

直到她的背影彻底消失在视野里，他坐在座椅上，终于躬下背脊捂住脸，哭得颇为狼狈。

上一次这么大哭是什么时候？

是他以为向悠答应了别人的告白，拼尽全力想去挽回，还被她狠狠嫌弃了一句。

那次是他"以为"要失去她。

但这次是真的。

回来后他请了个年假，魂不守舍地度过几天后，终于决定重新做人。

爱情不过是身外物，可能也没那么重要——

不是吗？

不然向悠怎么能轻飘飘就放下。

她能做到，凭什么他做不到。

孟鸥开始努力工作，努力赚钱。

繁忙有一个好处，就是能把他的大脑塞得满当当的，无心再想其他。

实在撑不住的时候，他就去找邹旭。

邹旭的身上好像有着源源不断的动力，永远都不会觉得累。每每看到邹旭，孟鸥便会被激励几分。

但总有些邹旭都帮不了他的时刻。

其实每年回老家的时候，他都会从昌瑞转车，在那里停留一天。

他也没指望真能大海捞针地找到她，只是看看她生活的城市，走走她走过的路，恍惚间仿佛也能感受到她的气息。

直到有一次，他真的看到她了。

准确来说，是他们。

向悠穿着一条米色的长裙，层层叠叠的纱看起来很温柔。

比那更温柔的，可能是向悠牵着旁边男人的手时，脸上露出的表情。

原来那种表情，不是只有对着他才能展露的。

那里是一派岁月静好，而孟鸥下意识把自己藏进阴影时，像一只见不得光的老鼠。

他的人生也确实一瞬间黯淡下来了。

在这之前，他总有些不切实际的期望。他总觉得只要向悠还是独身，他们就还有机会。

哪怕他根本不知道，要怎么解决横亘在他们之间的问题。

但是现在，这点缥缈的希望，也像劣质泡泡水吹出的泡沫一样——

颤颤巍巍地飘到一半，便"啵"一声炸得无影无踪。

其实这些年，也有不少姑娘向他表示过好感。

她们都很好。

但她们都不是向悠。

之前拒绝她们，是他总幻想着自己和向悠还有机会。

那现在呢？

他好像依然没办法建立一段新的感情，哪怕只是想想，都觉得很奇怪。

和别人牵手、拥吻，对着别人说爱……

向悠是怎么做到的？

怎么他就这么无能？

那就算了吧。

可能他也要向邹旭学习，什么爱情不爱情的，都没有事业来得重要。他该把眼光放长远点，不该被小情小爱所囿。

出差通知发下来的时候，孟鸥对着上面的地名哑然失笑。

怎么偏偏就是这个地方？

因此拒绝未免有点荒唐，更何况，他觉得自己已经走出来了。

那里只是一座住了上千万人的普通城市。

上千万个、对他来说无关紧要的人。

出差很顺利，他甚至提前半天完成了工作，最后剩下半天的空闲，他在酒店待得有些无聊，决定出去逛逛。

直到现在，他都不知道自己该不该迈出这一步。

除了那些地标建筑，其他地方其实就是些很雷同的街区，孟鸥百无聊赖地在街上走着，观察来往行人——

这是向悠的爱好。

每每两人牵手走在路上时，她的目光总是很专注。

有时候孟鸥很好奇她在看什么，顺着看过去，看到的也不过是些稀松平常的景象，可向悠却能给他分析出不同的东西来。

他真的很好奇，向悠的脑子里到底装了多少稀奇古怪的东西。

可怜孟鸥没那么有趣的脑子，所以也看不到什么有趣的事物。

人、人、人，千篇一律的人，无聊的人。

在孟鸥眼里，他们分别是走路的人、看手机的人、听歌的人和喝咖啡……

和向悠。

隔着一道玻璃窗，他奇迹般地又看到了她。

她穿了条宽松的白裙子，坐下来的时候裙摆总是蓬起一块，很像怀里抱了个气球。

有时候孟鸥闲得无聊，会帮她拍拍平整——

当然也会犯贱地顺势拍拍她的肚子，开玩笑说"听听西瓜熟了没有"。

毫无例外，最后他总会挨向悠一顿打。

孟鸥常常怀疑，自己是不是真的有点贱，总喜欢惹向悠生气，然后被她打上一顿。

他就这么站在窗边看她。

人来人往间，唯有他驻足于此，目光灼灼，像个奇怪的偷窥狂。

向悠可能又开始自顾自陷入沉思了，她机械地搅拌着咖啡，目光涣散，都没注意到窗边还有个人。

其实，有什么好看的？

她已经有另一半了不是吗？

但他挪不开自己的眼和腿。

渐渐地，他的目光开始游移，不再只专注于向悠，也开始频频看向店门口。

他在犹豫要不要进去。

明知对方有对象的情况下，还去贸然打扰前任，这是个很不礼貌的行为。

更严重一点说，很不道德。

而向悠是个道德标准极高的人。

但孟鸥不是。

他低俗、下流、无耻。

他就想见她一面，就想坐到她面前，和她说说话。

他知道她有对象，也知道自己见不得人的心思。

骂他吧。

他不在乎。

他就这样走进了咖啡店。

因为紧张，他整个人都有些僵硬，像根黑色的棍儿杵在了柜台前。

他从余光中感受到向悠在看他，那已经离开他太久的目光，终于又落在了他身上。

孟鸥大胆地迎上前，却见她扣上了帽子。他明白，那个代表"别烦我"，是不欢迎他的意思。

可是他脸皮厚啊。

他就那么不请自来地坐过去，试图像从前一样，和她开开玩笑。

他的胆子说小不小，说大，好像也没那么大。

他们扯东扯西，聊天聊地，却不敢聊真正想聊的东西。

他的勇气在坐在她面前的那一刻，就已经耗尽了。

而后一切从零开始。

勇气在逐渐积攒，蓄力值满后，让他放出了大招——

结果被轻易化解了。

孟鸥觉得沮丧、无力、绝望又茫然。

他甚至宁愿向悠拒绝他是因为她有了对象，而不是哪怕独身，也再不可能和他在一起。

原来那天在街头的经历还不是最糟的,现在才是真正的绝境。

他又回到了 A 市。

这次他甚至没有劝告自己振奋,毕竟事实已经摆在他面前,事情就是这样了,再也没办法挽回了。他不拼命工作,还能怎么办?

意外出现在他回到 A 市的一个多月后。

他突然收到了邹旭的讣告——

某天结束加班回去的路上,邹旭毫无征兆地猝死了。

收到短信那一刻,他在地铁站呆站了很久。

地铁来了又走,他错过了末班车,不得不狼狈地离站,拦下了一辆出租。

出租车抵达目的地时,他精神恍惚到忘了下车。

司机喊他,他抬起眼,神色空洞地盯着对方看。

司机皱着眉头让他快下去,自己还要接下一班客人。

这个忙碌的城市,不会为任何人而驻足。

那是他第一次深切感受到死亡。

外公去世时他才四岁,什么都不懂,而现在,他眼睁睁看着前一天还在和自己聊天的人,就这么永远消失在他的世界里。

死亡不像一杯水溶入另一杯水那样瞬间消失不见,而是从每一个情感联结的人身上,生生挖下一块肉。有些人的伤疤会愈合,有些就成了永久的、不能触碰的印记。

邹旭的葬礼是在他的老家办的,孟鸥想请两天假,却没能获批。

愤怒之下,孟鸥觉得有点荒诞。

回去的路上他在想,他穷其一生是为了什么。

小时候努力学习，为了考个好大学。

考到了好大学后努力工作，为了留在 A 市。

然后呢？

然后呢？

他居然不知道下一步路要往哪里走。

拿到了户口又怎么样，买到了房子又怎么样。或许他会独身一辈子，又或许会在某一刻妥协，像向悠说的一样，找一个适合的人。

他的一生，就将在这不断的凑合和适合中苟且。

当然也有可能，带着遗憾猝然结束在某一瞬。

他开始一遍遍拷问自己，这是不是他想要的。

而答案很明确。

这条路终于走到了尽头，孟鸥站在商场外的广场上，仰头看着茶餐厅的广告牌。

他们就是在那里分手的。

他没上去，转而折向了地铁站。

这里是终点，也即将是新的起点。

孟鸥来到了昌瑞。

此刻的他怀揣着一种新的心情，让他仿佛回到了刚离开大学校园的那天。

一切都是崭新而充满希望的。

不错的履历让他很快找到了新的工作，薪资比在 A 市的时候稍低一点，但物价房租折算下来，每月能攒下的钱多了不止一点。

他也认真地审视过这家公司，长期待下去，晋升空间还算可观。

父母手里一直有笔给他买房的钱,老家也有两套空余的房,他要住要租要卖都可以。他在 A 市期间攒下了不少钱,目前想在 A 市买房很勉强,而在昌瑞倒是没什么问题。

至于车子,他现在开的是家里淘汰下来的旧车,不过父母有问过他很多遍,什么时候给他单独买一辆。

他一直都拒绝,说再等等。

他想听听另一个人的意见。

总之,他又像上次那样,把一切都规划好了。

非要说有什么不同,那便是他没有再试图安排向悠的人生。

甚至如果,向悠再有什么变动,他愿意跟着她。

去哪里都好,去哪里都好,只要让他留在她身边。

他会把自己的人生安排妥当,做一个值得她依靠的人——

然后,把所有选择都放在她手上。

孟鸥想得很完美。

他做好了万全的准备,想要向她展示自己最好的那面。

但他没想到的是,最后他却变成了一个狼狈的醉鬼,以一个最不堪的姿态,重新出现在她面前。

他靠在她肩头,恨得想抽自己两巴掌。

但更想轻轻吻她一口。

不过好像暂时什么都做不了。

那就先告诉她自己的心吧。

他太幼稚、太笨拙。

这段恋爱的开始,就是一时冲动下的袒露心扉。

那现在,他再冲动一次。

能不能求求她行行好,回头看他一眼?

4

坐在出租车上，向悠微微扭头，望向了靠在自己肩头的孟鸥。

她不知道事情为什么会变成这样。

为什么两个人一起上了车。

为什么目的地变作了她家。

都说醉话是不可信的，但也有人说是"酒后吐真言"，向悠真想让这些自相矛盾的俗语自己打一架，选出胜利的那个，当作普世真理。

她没法给出什么明确的应承。

头脑一片混乱之下，她也讲不出什么大道理，就秉着一条从小坚持的原则——

要在头脑清醒的情况下做决定。

暂时做不出决定，但不代表做不了其他事。

姿势别扭的相拥过后，是向悠率先直起身子，顺带着推了推孟鸥。

没了支撑，他只能摇晃着坐起。

孟鸥看起来神志不甚清明，侧身倚靠在座椅上时，眼神虚得没边，倒是一直坚持锁定她。

向悠也看他。

看那张熟悉的脸，带着陌生的表情。

距离不知道是如何缩短的，如果当真画个对比图，也算不出是谁靠近得更多些。

只能判他们俩都有罪了。

孟鸥一点点地垂下眼，很小心地靠上了她的嘴唇。

这种无措又认真的模样，让她想起了他们的初吻。

某一天的晚餐时间，两个人在露台上看星星。

但其实真正看星星的只有向悠一个，她专注到都没有发现，孟鸥的眼里全是她。

"向悠。"孟鸥喊她，声音比平时轻了几分。

"嗯？"向悠应得很轻快。

孟鸥很显然是有话要说，但他张了张嘴，又闭上了。

而后他昂起头，脸上的表情与其说是在看星星，更像是在和星空怄气。

这是在干什么呀。

向悠不解地用胳膊肘捣捣他："你想说什么？"

"我想说……"孟鸥对着星空，开口道，"我能不能亲你一口？"

他后半句说得极快，连珠炮似的就讲完了。

向悠眨了眨眼，过了几秒才理解。

幸得夜晚很黑，没人看到她一瞬间羞红的脸。

她不说话，也开始看星星。

那晚的星星应该很无奈。

两个人动不动就看它，但没人真的将它看进眼里。

"向悠。"好半天没等到回答后，孟鸥犹豫着又喊了她一句。

这次向悠不应了，她只是紧张地吸了吸鼻子。

有只手按上她的肩头。

孟鸥走到她面前，很认真地看她。

向悠被盯得浑身不自在，有点想跑，偏偏一阵腿软。

然后是紧张、无措，还有些兴奋。

让她纠结得又要掉眼泪了。

但那个总是桀骜不驯的少年，此时却是一脸的虔诚。

他一点点低下头，像在端视什么珍宝。

两双柔软的嘴唇相贴，鼻腔里全是夜风的清凉气息，裹挟着似有若无的皂香。

向悠隐约知道接吻应该闭眼，但她紧张到根本没法合眼。

在她瞪圆的双眼里，能看见孟鸥分明的睫毛在细微地振颤着，他按在她肩上的手有些用力，吻她时倒是很轻。

谁都不明白接吻应该是什么样，于是最终只是双唇相贴了数秒，又缓缓分开。

孟鸥退开一步，很紧张地看她。

她的眼泪姗姗来迟地落下，似乎太不凑巧。

"对不起、对不起，我错了。"孟鸥慌张到不行，伸手就帮她抹眼泪，"我、我以为你答应了，我……"

剩下的话，被向悠的一个怀抱堵了回去。

她面子薄，不好意思和他说她没生气，也不好意思说她答应了。

她只能抱住他，比平时都更用力地抱住他。

借此告诉他，她一点也没有生气。

她是喜欢他的。

也愿意和他更亲近一些。

…………

但眼下的情况，和初吻显然是大相径庭的。

她讨厌酒味，此刻却不得不和一个满身酒气的人相吻，恍惚间她宛若沉进了红酒坛里，几近溺毙。

和刚刚不同，微风后紧接的是暴雨。

孟鸥用力地扣住她的后脑勺，呼吸凝重而深沉，唇瓣碾得她发痛。

他仿佛要自此将她啃食殆尽，没有技巧没有章法，带着野兽狩猎的本能。

理智告诉向悠，她该躲开面前这个不清醒的人。

可是她好像也清醒不到哪儿去。

那本该推开他的手，却用错了力气，反倒扣紧了他的背脊。

末了，彼此缓缓分开，额头抵着额头，沉默地对视。

孟鸥那双眼里盛着太多浓烈的情绪，令向悠不敢直视。

她稍稍错开脸，感受着他的嘴唇蹭过自己的脸颊，一路向下滑去，重又跌在她肩头。

"我送你回去吧。"向悠道。

"嗯。"他迟缓地在她肩上应着。

"你住在哪儿？"

"嗯。"

"我是说，你住的地址是什么？"向悠都不记得自己今晚是第几次问这个问题了。

可回复她的，依然是一声单调沉闷的"嗯"。

孟鸥好像已经醉到神志不清了。

向悠不知道自己那时候怎么想的。

大概那些酒精透过呼吸，透过皮肤，透过被他咬破的嘴唇，强行侵蚀她的身体，令她也染上醉意。

总之，最后的结果就是她把他扶上了车，报了自己家的地址。

带一个醉鬼回自己家，怎么想都是很糊涂的打算。

向悠一路上都在后悔。

一边后悔，一边静静地打量他。

孟鸥难得变得很乖。

他就那样靠在她的肩头，五官舒展着，一只手还虚扣着她的手——

不是令人安定地握着，也不是带着强迫意味地抓着，而是虚虚地搭在上面，似乎他的身心一路放松到了这五根手指。

但热意还是自此传递，让她在冬夜都有几分燥热。

司机很好心地将他们一路送到了单元楼前，顺带着帮她扶下了这个醉鬼。

想来陌生人都这么热心，向悠忍不住又在心底埋怨了一句刘鹏，怨是怨着的，就是火气好像远不如当初那么大。

被冷风一吹，孟鸥稍微清醒了点。

但也仅限于能自己站直，不至于继续让向悠做负重运动。

"这是……哪儿？"孟鸥含混不清道。

"我现在住的地方。"向悠一边说，一边领他往楼道里走。

虽然牵手是互相牵着的，但之中常常有着主动和被动的关系。

过去都是孟鸥牵着她，走遍大街小巷，寒冬酷暑。

而现在，换作向悠牵着他。

他乖乖被向悠牵着，步履蹒跚但还是在很认真地往前走。

向悠常常要停下来等他，而他每每脚下一个不稳，手也会本能地握紧她。

于是她就在这一紧一松间，感受着他的步调。

也就十来米的距离，走了快一分钟。

好不容易进了电梯后，孟鸥靠在墙上，冲着她笑了一下。

向悠发现，醉酒真的会改变一个人的气质。

比如从前的孟鸥笑起来，那是坏笑、冷笑、哂笑，总之给他安个坏词儿总没错。

但酒精好像降低了他的智商，也除去了他身上讨人厌的因子，让这个笑变得特别纯粹，还有点动人的天真。

"你笑什么？"她问。

孟鸥不说话，只是很用力地看她——

很显然，他已经醉到眼皮都快抬不起来，可就是舍不得闭上，整张脸都为那两小块肌肉用力，非得努力睁着。

向悠哑然失笑，扭头看向显示屏上不断上升的数字。

"叮"的一声，让她的心跳也漏了一拍。

她又牵起他的手，而他也乖乖拖着步子，努力跟着她。直到门一开，他终于支撑不住，跪倒在玄关。

向悠暂时没空管他，她早上出门得急，家里还乱着呢。

早餐用的奶粉罐和咖啡罐都放在餐桌上，茶几上吃完的零食袋忘了扔，从阳台收回的衣服就这么堆在沙发上，还没来得及叠。

她是不是该庆幸孟鸥是醉着的，看不到这一片狼藉。

虽然，她也没必要给前任留什么好印象。

向悠走到沙发前，抱起一堆衣服扔回了卧室里。

而后，她转头望向门口的醉鬼。

他是跪着跌倒的，现在也还跪着，歪着身子靠在玄关柜上，低着个头。

乍一看，还以为在和她下跪认错呢。

向悠暗自觉得好笑，摸出手机拍了一张。

拍完，她突然就清醒了。

别人巴不得删光前任的存在，她怎么还主动往手机里存。

她赶忙按下了删除键，又翻到回收站里，却迟迟点不下第二个删除。

她沉默地看着那个还剩二十九天的自动删除倒计时。

…………

二十九天后再说吧。

随手将手机放到一边后,向悠走向前,用力将孟鸥扶起。

费了九牛二虎之力,她终于把他弄上了沙发。

昌瑞每年的冬天都很冷,还是那种深入骨髓的阴冷,由于没有暖气,室内室外几乎都是同样的温度。

向悠在衣柜里翻出一床备用的冬被给他盖上,想想觉得不够,又再叠了一层秋被。

厚厚的两床被子下,难得也有孟鸥显得小只的这一天。

向悠站在沙发边,低头静静看他熟睡的模样。

有种奇异的错觉冉冉升起。

其实,他不讨厌。

他很可爱。

就算他们不再是爱人,也是相识了近十年的好友。

有时候想想,如果他们一直只是朋友该多好,情侣这种关系实在是太脆弱了,面临的考验也比其他关系要多。

人人都祝愿天长地久,人人也赞颂天长地久,不正是因为它稀有难寻吗?

在这个即将迈入新一年的冬夜,向悠呆呆地站在客厅中央,想了好多不着边的事。

过了好久,向悠猝然打了个寒战,终于清醒过来。

她看了眼还在睡的孟鸥,蹑手蹑脚地前去卫生间洗漱。

这一晚,她睡得不太好,往事如走马灯般在睡梦里一幕幕掠过,恍惚间让她以为自己是将死之人。

醒来时,她头疼到好像经历了一场宿醉。

不过说到真正的宿醉——

向悠扭头看向紧掩的卧室房门。

孟鸥在她家!

这五个字蹦豆似的往外跳,把她吓得一愣一愣的。

昨晚自己到底是怎么想的,怎么想的?

她真想穿越回去,揪着自己的领子好好问一问。

但该面对的事情还是得面对,向悠趿拉着拖鞋打开房门,这回是真的吓了一跳。

被子都好好地摞在沙发上,孟鸥却不知何时滚到了地上,蜷成一团。

昨晚她好像隐约有听见一声闷响,只是那时她睡得迷迷糊糊,还以为是梦中的声音。

向悠匆匆忙忙上前,试着将他扶起,手指刚刚碰触到他的皮肤,发现他烫得吓人。

孟鸥的体温本就比她高上一截,是过去她冬日首选的暖手宝。然而这次不一样,从他双颊的绯红来看,他似乎是发烧了。

孟鸥被她的动作闹醒,迷迷糊糊地睁开眼。他颇为难耐地闷哼一声,自个儿从地上坐起,背靠沙发。

"你还好吗?"向悠紧张到有些手足无措。

孟鸥没说话,低头揪起自己的领子闻了闻,眉头紧锁。

"能借你的浴室洗个澡吗?我好难闻。"他张嘴就是一口烟嗓,快能和莱昂纳德科恩媲美。

向悠有点哭笑不得。

在这种情况下,怎么会有人开口第一句是这个。

可能是当初向悠给他留下的阴影太深,孟鸥一直很在意自己身上的气味。

他不喜欢喷香水,大部分时刻都是洗衣液沐浴露的味道,皂香混杂着柠檬香,很清冽的气息。

"……去吧。"此时此刻,向悠也只能这么说。

念及他还病着,向悠不敢走远,就坐在沙发上守着。

室内的隔音不算太好,能听见清晰的水声,像在下一场局部阵雨。

而后"雨声"渐止。

浴室门被缓缓推开,耳边传来厚重的喘息。

家里自然没有能供他换洗的衣服,他裹着向悠的浴巾,将将挡着腰上一截,冻得不停地哆嗦。

孟鸥扶墙朝沙发走去,脚下直打飘,呼吸越来越重。

"你、你去我床上睡吧。"向悠好像没法安心让一个病人睡沙发,她匆忙上前搭把手,给他换了个方向。

孟鸥垂眼瞥向她。

他没说话,乖乖地和她去了卧室。

卧室里的被子还是乱的,向悠本能地想去理一理,偏偏孟鸥已经坐了上来。

他冻到嘴唇泛白,向悠没辙,抱起一团被子就往他身上招呼,手忙脚乱地开了空调。

等到暖气逐渐温暖了房间,她终于松了口气。

看见前任躺在自己每天睡的床上,这种感觉多少有点怪异。

不过,如果只把他想成一位病人,或许会好很多。

向悠一面这么告诫自己,一面帮他掖被角。

帮他将在外的手放进被子里时,孟鸥忽然不由分说地握住了她。

空调房本就闷热，这手又烫得很，好像顽劣的小孩放了火，火苗自交握的手心一路上蹿。

向悠被定在原地，不敢动。

不敢继续帮他掖被子，也不敢抽回自己的手。

她只是低头看着孟鸥的手从被窝里露出一小截，那一小截正握着她的手，让她直不起腰。

可他的眼分明是闭着的，喘息虽然厚重但分外稳定，向悠已经分不清他是意识模糊间的无意之举，还是故意为之。

就像昨天那段话一般难猜用意。

"孟鸥。"向悠小声但坚定地喊他。

没能得到丝毫回应。

无论是握手的力度，还是他的表情和呼吸，没有任何变化。

向悠深吸一口气，开始一根根手指掰他的手。

他握得不甚用力，让她轻而易举就抽出了自己的手。

只是末了她直起腰，看着那手空荡荡地搭在床边，还保持着半握的姿势，心头蓦地酸了一下。

向悠吸吸鼻子逼着自己冷静下来，快速地将他的手扔回被子里，快步退出了卧室。

虽然在关门前，她还是没忍住回头看了一眼。

看着前任睡在自己的床上，这种感觉果然怎么想都很奇怪。

昨天带回来的花还随手扔在玄关柜上，过了一晚它蔫了几分，但看起来依然娇艳。

向悠在家里翻箱倒柜了半天，没找到花瓶，倒是翻出了个高筒的储物罐，勉强可以替代一下。

她在水池边清洗修剪了一番，将花插好放在餐桌上，恍惚间愣怔了一下。

她想起了那段日子。

初入职场的她每天很忙，工资也很低，但依然坚持每周买上一小捧花，装点她和孟鸥共同的小窝。

来到昌瑞后，她其实也有买过一段时间花。

只是工作实在繁忙，有一次她连轴转了半个月，某天发现鲜花根部已经腐烂发臭，恶心得她将花瓶和花一并丢弃了。

好像也顺带丢弃了那种闲情雅致。

插完花后，向悠又开始在厨房打转。

她的午饭和晚饭一般在公司食堂解决，早饭有时会在地铁站的便利店随便买点，有时则是下班回家顺路买袋打折面包之类的。

总之，独居这么久了，她的烹饪技能几乎没有任何增长。

有次母亲来看她，对着她直发愁，怎么连个饭都不会做。

"我不需要，也没时间做饭啊。"向悠答得理直气壮。

"那以后你找对象的标准得加一条了。"母亲满脸严肃，看起来是认真的，"一个家不能一个会做饭的都没有。"

"扑哧！"向悠突然笑出了声。

"你笑什么？"母亲被她笑得一头雾水。

等向悠意识到自己在笑什么的时候，笑容凝固在了脸上。

她想起了她和孟鸥同居的日子里，两个人做的黑暗料理。

也想到孟鸥不会做饭，日后怕是过不了她妈妈这关。

可是那时候他们已经分开很久了，这时候把他拎出来笑，不合适，也不礼貌。

也不知道他现在的做饭水平如何，还是和当初一样糟糕吗？

向悠回头看了眼紧闭的卧室门，使劲地眨眨眼劝自己清醒一点。

冰箱里还有剩下的两片土司，夹个煎蛋就算是最简易的三明治。

但是病人好像不适合吃这个。

向悠在没有几平米的厨房转来转去，最后多少搜刮出了点东西。

一番忙活后，她做出了一碗……番茄鸡蛋粥。

看起来有点恶心，好在闻起来还可以。

毕竟家里也就这点东西，有蔬菜有蛋白质有碳水，算是她招待客人的最高礼仪了。

这么想想，来她家做客好像挺可怜的。

转眼时间已经过去一小时，向悠蹑手蹑脚地走向卧室，想看看孟鸥情况如何。

门悄然推开，屋内静悄悄的。

孟鸥依然安分地躺在床上，面容平静。他的手脚也都像她离开前一样，全部放在被子里，堪称乖巧。

向悠小心翼翼地伸出手，想探下他的烧退了没有，要是一直烧下去，怕是得去医院一趟。

她的手背刚刚靠上他的额头，还没用心感受到温度，被子里突然蹿出一只手，反握住了她的手腕。

向悠被吓了一大跳，"啊"了一声赶忙收手，看见孟鸥双眼亮晶晶地对她笑。

不是昨晚那种天真单纯的笑，是坏笑、狞笑、哂笑……

总之笑得不怀好意！

"你干什么吓人呀。"向悠有点不开心地冷了脸，但觉得跟病人生气不太合适，又试着将嘴角向上扬回去。

孟鸥就那么似笑非笑地盯着她，看她艰难地调整自己的表情。

等到向悠调整完毕后,孟鸥冲她招招手:"你过来。"

"干什么?"向悠警惕地退后了一步。

面对她的不信任,孟鸥满脸无奈:"不是坏事儿,不骗你,真的。"

可他的语气听起来就像是要恶作剧的样子!

向悠对他可再了解不过了。

但是,该死的好奇心让她忍不住上前了一步。

就算真的是恶作剧,她也想知道具体内容是什么。

她一次次地上当,一次次地不长记性……

除了太天真以外,还有一个原因大概是,被孟鸥恶作剧,好像还挺开心的。

就是那种当下气得要命,事后回想起来,却忍不住笑出声的感觉。

真奇怪啊。

"你要……干什么?"向悠一点点朝他靠近,最后,小腿都抵上了床头柜。

孟鸥不紧不慢地仰头盯着她看,一言不发。

向悠被他看得心虚又急躁,转头要走的时候,腰上不由分说揽来一只手。

孟鸥一把将她按到怀里,隔着软软的棉被,她摔进了一个温暖的怀抱。

"唔……你……"向悠的语言系统最先开始罢工。

她好像很久很久没被人这么抱过了。

熟悉的暖意,不一样的是,鼻腔里是和自己相同的味道。

孟鸥的身上,是她的沐浴露的味道。

是她喜欢的柑橘香气，温暖又清新。

"你原来冬天不是喜欢抱着我取暖吗？"孟鸥就靠在她肩头，直说得她耳朵发痒。

向悠不知道他为什么要回忆从前。

他难道不知道，他们的关系早就不比从前了吗？

"那趁我今天特别暖和的时候，我觉得也得给你暖和一下。"孟鸥说得一本正经。

向悠忍不住埋在他怀里笑出了声。

是挺暖和的，暖和到脑子都烧坏了。

但向悠没急着回击他。

可能是被子太柔软，可能是这个暖手袋确实暖和，也可能，是她眷念这个失去好久的怀抱。

她静静地靠在他怀里，感受着他的双臂紧紧环抱着自己。

不知道过了多久。

向悠推了推他："热。"

孟鸥识相地放手，还不忘打趣一句："看来太热也不好。"

声音听上去像是开了个玩笑。

但是向悠退出来后发现，他笑得很苦涩。

确实很热，她的身上穿着毛茸茸的家居服，空调也打得很足，还被这个暖手袋抱了个满怀，让她在大冬天都快出汗了。

她故作面无表情地理了理衣服，又伸出手来："不许乱动。"

孟鸥"嗯"了一声，乖乖让她测温，果然没再动弹。

现在摸起来感觉不如当初碰到时那么烫手了，而且他的精神看起来也确实好了不少。

向悠多少松了口气："你饿吗？"

"有吃的？"孟鸥问。

"有是有……"向悠满脸苦笑,"但是仅限于能吃。"

孟鸥的反应倒是挺快:"你自己做的?"

向悠点点头。

"我饿了。"孟鸥迟来地回答了她的问题,掀开被子就要下床。

虽然见光没两秒,又盖了回去。

向悠欲盖弥彰地别开眼,语气生硬:"你就在床上坐着吧,我给你端来。"

再度看到那碗粥,向悠的脸很痛苦地皱了皱。

但话都说了,她也只能硬着头皮端进去。

"好香。"门刚刚推开,孟鸥便道。

向悠吸吸鼻子,看了看从门口到床头的这几米距离。

粥本来就没多大气味,放凉了更是如此,她捧在手里都闻不到什么,孟鸥是哪儿来的狗鼻子呀?

但她没打算深究,小心翼翼地把粥放上床头,她很没底气道:"我也不知道好不好吃……"

"那你的早饭是什么?"孟鸥一边接过,一边道。

"土司夹鸡蛋。"向悠道。

"那不就是三明治吗?"

确实,只是太简陋,她不好意思这么称呼。

孟鸥舀了满满一勺送进嘴里。

向悠满脸紧张,直到看到孟鸥喉结一滚,点点头说了句"好吃"后,才放下心来。

孟鸥吃着,她就百无聊赖地坐在床边看他吃。

她倒是头一回发现,孟鸥吃东西的样子看起来让人挺有食欲的。

明明他们之前一起吃过很多顿饭呀，现在他这副模样，搞得她都想尝尝那碗粥有多好吃。

像是猜到了她的心思，孟鸥将勺子往她面前送了送："尝一尝？"

向悠低下头，竟忘了这是孟鸥刚刚用过的勺子，颇为自然地尝了一口。

口味偏清淡，像是食堂宛若白水的番茄蛋汤泡糯米饭。

看来她之前根本不是自谦，这碗东西，确实仅仅能称得上是"能吃"。

居然给病人吃这种东西。

向悠想着要不赔个不是时，却见到孟鸥依然吃得津津有味。

一堆话到她嘴边，又很温柔地退回去了。

此刻这种酸涩中带点感动的滋味，她感到似曾相识。

短发剪毁了的时候，她惴惴不安地去找他。本来做好了被狠狠调侃一番的准备，结果收到的却全是赞美，从语气、眼神到动作，毫无破绽。

她一直以为孟鸥心大，还不懂得照顾别人感受。可是认真回想起来，这好像是个天大的误会。

一碗粥吃完，孟鸥想着帮她洗个碗时，又尴尬地缩回了被窝里。

总之，他目前的移动范围，很不幸地限定在了这小小一方床褥上。

向悠将他的衣服一股脑丢进了洗衣机，也不顾它"隆隆"作响，靠着它看窗外天色。

又是一个阴天，冬天的天空总是呈现一种寂寥的惨白色。

往日的假期，她会用来备考，学习完毕时，也会出门逛逛。

偶尔，还会很不长眼地走进新开的咖啡店。

但这个天不适合出门，如果要学习的话，书桌在卧室里。

向悠叹了口气，也不知道自己是想学习，还是不想。

距离考试时间还有不到三个月，每一点时间都很宝贵，如果因为这点纠结浪费了，怎么想都很可惜。

向悠就这样又回到了卧室，端端正正坐在了书桌前。

但她总觉得背后有人在看她。

一回头，原来根本不是错觉。

"你要备考吗？"孟鸥问。

"嗯。"

"你学吧，我不打扰你。"

向悠回头看了眼桌上堆着的资料，突然道："你能帮我背书吗？"

"行啊。"孟鸥应得很爽快。

向悠飞了一本资料过去，被孟鸥轻松截下。

没待她开口，他已经驾轻就熟地对着便笺翻开："从这里开始？"

"……嗯。"

他还记着她的习惯。

从前她也常常找孟鸥帮她背书，方便她因为背不出来而崩溃的时候，有个人能给她发泄。

发泄的方法一般是扑到他怀里大哭一场，或者对他来一套雷声大雨点小的军体拳，虽然往往挥一半就会被孟鸥擒住手，让她背上一段再落下这一拳。

"孟鸥，你是个王八蛋。"向悠一边哭，一边背，一边骂他，手里的拳头也不忘攥得紧紧的，忙得很。

孟鸥用力握了握她卡在半空的手腕："撒娇也没用，快背。"

"谁跟你撒娇啦！"向悠气鼓鼓地辩解着，然后接上一段背书。

虽然每次都背到面目狰狞，但最后的效果倒还不赖。

而现在，孟鸥依然记着她会用什么颜色的笔画下要背的段落，也记得背完的地方她会用什么便笺做记号，方便下次继续。

孟鸥坐在床上，被子一路盖到了锁骨，他有点儿费力地用胳膊夹着，看起来有些逗趣。

向悠盘腿坐在椅子上看他，不紧不慢地背着。

空调房很温暖，屋内是令人安定的香气，便显得那些稍显枯燥的内容都没那么无趣了。

可还是有卡壳的时候，向悠烦躁地一个劲儿揉太阳穴，仿佛能把知识从这儿揉出来似的。

孟鸥放下书，专注地观察她。

待她的表情越发焦躁，他赶忙提醒了一句。

可背不了几句，她又卡了壳。

这段她之前就卡过很多次，也就一百来个字，不知道为什么总是记不住。

向悠叹了口气，拿起水杯"吨吨吨"开始喝水，生生喝出了壮行酒的架势。

等到她把水杯"咚"一声放回桌上，孟鸥打趣道："现在不哭了？"

向悠瞪他："我都多大了。"

工作了几年的人，因为背不出书而掉眼泪，说出去怕要笑死人。

虽然坦白来说，有时候大哭一场真的很爽。

"也没人说长大了就不能哭啊。"孟鸥道。

是没人说,只不过是个约定俗成的观念罢了。

向悠鼻头有点酸,她努力把泪意按下,开口道:"你再给我念一遍,我这次一定背下来。"

孟鸥没急着低头看书,而是一眨不眨地看她,眉眼里带着些欣赏的意味,还掺杂了很多看不明朗的情绪。

在向悠开口抱怨前,他及时收回目光开始念书。

等到向悠背完书的时候,已经是下午一点。

早饭吃得有些迟,背书又太专注,就这么将午饭抛到了脑后。

途中向悠有去阳台一趟,将洗好的衣服放进了烘干机,这会儿已经烘好可以穿了。

她将衣服一股脑抱回卧室,放在了床上,回身到客厅等待。

不到五分钟,孟鸥已经穿戴完毕,走出了卧室。大衣被他拿在手上,站在一身家居服的她面前,看起来一副马上要离开的模样。

"你午饭怎么吃?"孟鸥顺手将大衣放上沙发道。

外套被放下来了,于是他从一个马上要走的形象,变成了刚刚到来,准备久留的形象。

"都行。"向悠顿了顿道,"罗森出了个新饭团,我打算等会下楼去买一个尝尝。"

这话一出,就等于是提前拒绝了一起用餐。

孟鸥看着自己刚放下的大衣,神色有点尴尬。

"你呢?"向悠及时开口道。

"回去自己做吧。"他答得很随意。

有个问题很突然地跳了出来,没经过大脑审核,就从向悠嘴里道出："你现在会做饭了？"

"还行，至少比之前好了不少。"孟鸥顿了顿道，"你想尝尝吗？"

现在，他可以通过妈妈的审核了。

这个想法猝不及防冒了出来，吓了向悠一跳。

"不用啦，时间不早了，你快回去吧。"向悠礼貌地笑着，下了逐客令。

"向悠。"孟鸥喊她。

向悠周身一抖。

她很怕孟鸥喊自己全名。

小时候从父母口中听到自己的全名，她就知道自己要倒霉了。而恋爱时听到孟鸥喊她的全名，她反倒是全心全意期待着的，因为接下来孟鸥要说的话一定很认真。

但分手后，她开始害怕孟鸥的这份认真。

"怎么了？"向悠小心翼翼道。

"我昨晚喝醉了，说话有点冲动。"孟鸥叹了口气。

果然都是醉话啊。

向悠点点头："没关系。"

"但我说的都是真的。"孟鸥认真注视着她，"我已经在昌瑞找到工作了，也打算在这里定居。我不需要你马上做出选择，更不想给你造成任何压力。"

向悠揪着衣角，没说话。

她的喉口有些发堵。

"我就是想告诉你，我现在在这里。如果哪天你想回头了，我随时都在。"孟鸥的声音低了一截，"如果永远不想了，也可以告诉我，我不会再打扰你。"

向悠低下头,她好像总对这种赤诚的真心太有压力。

滚烫到难以触摸,反倒让人畏惧。

孟鸥苦笑了一下:"那我走了。"

"嗯。"向悠随着他走到门口,"我就不送啦。你要是还感觉不舒服,记得去医院看看。"

"好。"孟鸥迈出门槛。

向悠握着门把手,想等他进了电梯再关上。

楼道惨白的墙漆下,衬得他黑色的背影有种落寞的肃穆。带去的一阵香气逐渐散开,那是她喜欢的洗衣凝珠的味道。

她看见孟鸥将将迈开两步,突然回头道:"对了,忘记说了,我离开 A 市,纯粹是因为我混不下去了。来到昌瑞也不是因为谁,只是觉得,和别的城市相比,它更适合我。"

番外二 / 来路归途

他们，不会结束

一个适合
聊天的下午

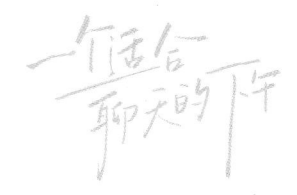

1

短暂的假期过后,向悠又投入到繁忙的工作之中。

孟鸥没再找她,她也没有主动去打探过他的消息,仿佛那一晚和那个下午一样,都是一场特别的梦境。

梦醒了,生活还要继续。

但也有很多瞬间,会将她突然拽回那场梦境。

赶在回家过年前,向悠抽了个周日,给租屋来了场大扫除。

被褥自然是要全换的,向悠把旧被套丢进洗衣机,翻出备用被套时,盯着上面的花纹一怔。

这是那晚孟鸥盖过的。

也不知道他到底盖了多久,又在地上被冻了多久,真是个可怜鬼。

那天孟鸥离开后,向悠回身站在玄关里,定定地发呆了许久。每次孟鸥的出现和离开,都像一阵飓风,卷起惊涛巨浪,留下一地残骸。

有些残骸碎在心里,有些倒是能切实触摸到的。

向悠走到沙发前，抱起两床被子低头闻了闻。淡淡的红酒味，不算太难闻，但也绝对不算好闻。

她将被套丢进洗衣机，把拆出的被芯挂起晒着。

虽然今天连个太阳都没有，也不知道在晒什么。

忙活完后，她才想起卧室里还有一床。

向悠辗转回到卧室，抱着要走的时候，又顿住脚步低头闻了闻。

是很熟悉的味道，来自被套上的洗衣凝珠香味，和她的沐浴露的味道。

没有孟鸥的味道。

或者说孟鸥睡在这里时，身上全是她的味道。

这床被子是前两天刚换上的，再洗一遍好像很浪费，向悠想想，又把被子丢了回去。

虽然没有异味，但她心理那一关还是很难过。

当晚，向悠不幸又失眠了。

可能每次遇到孟鸥，都要失眠一次。

她缩在温暖的被窝里，枕着他枕过的枕头，盖着他盖过的被子，鼻腔里全是自己的味道，却也全是他的味道。

这里明明应该是最私密安心的地方，此刻却被另一个人闯入，不由分说地留下了记号。

还是她默许的。

她要么把被褥和洗护用品全部换一遍，要么就认了。

繁忙的工作和颇为浪费的开销，最终让向悠放弃了前者。

直到好久之后，她才能在每次入睡前不去想孟鸥睡过这里，也不知道是忘记了，还是习惯了。

把该打扫的都打扫完后，向悠精疲力竭地靠在沙发上。她随手拆了袋饼干，拿起手机准备买票，顺便看看未读消息。

有来自工作的，也有父母问她什么时候回去的，还有一条来自刘鹏。

刘鹏：孟鸥问我要你的联系方式，我能不能给他？

每次看到他的名字，向悠的太阳穴都要跳一跳。

这大抵也是她在手机记录里用"1"来代替他的原因。

向悠点开输入框，望着键盘却不知道输入什么。

她的脑中突然冒出了一个猜想。

向悠：是他让你来问我，能不能给他的吗？

那晚的鸿门宴可没征求她的意见，怎么一个小小的联系方式，刘鹏还来问她能不能给。

答案只有一个。

刘鹏：搞什么，你会读心啊。

刘鹏：那你愿意给不？放心，我站你这边，你要不肯给，我绝对不会泄露。

话说得倒是好听，还说什么站她这边。

向悠心里清楚，他俩肯定背后计划一套又一套。

但她好像就是那种明知山有虎，偏向虎山行的人。

向悠：给吧。

按下发送键后，她放下手机，把手里干举了半天的饼干吃完了。

而后她没拿手机，也没拿下一块饼干，只是呆坐在沙发上发呆。

直到手机提示音响起。

条件反射般，向悠第一时间伸出手来。

她颇为恼怒地看了眼自己的手，命令它放回原位，然后不

205

紧不慢地拿起手机。

在联系人的图标旁，出现了一个圆圆的小红点。

点开一看，向悠忍不住会心一笑。

孟鸥之前的昵称叫"honest gull"，他有特地向向悠解释过。

他名叫"鸥"，昵称叫"gull"无可厚非。但"gull"还有欺骗的意思，而他不想做个骗子，所以他决定给自己起名"诚实的海鸥"。

那是初中的他刚接触到这个通讯软件时，绞尽脑汁给自己起的昵称。

"你哪里 honest 了！最不 honest 的就是你！"

那时候两人还没在一起，但向悠已经被他戏弄过无数次。听完他这番冠冕堂皇的解释后，她气鼓鼓地中英夹杂道。

"有吗？我一般不骗人的，除非……"孟鸥低下头，额头快和她抵到一块儿，含笑着看她，声音也低了几分，"除非那个人太好骗了。"

"你才好骗！"向悠气得使劲儿推他。

"别生气啊。"孟鸥按住她抵在他胸口的手，"我给你起个名儿吧。"

"什么？"手被他按着，向悠缩也不是推也不是，警惕地问了一句。

"就叫'clever yoyo'怎么样，寓意你聪明，永远不会被骗。"孟鸥说得一本正经。

土土的，但是好像还可以。

于是当晚回家后，向悠把自己的昵称改成了这个。

没多久，她看见那只"诚实的海鸥"给她发了条消息。

honest gull：你好，聪明的悠悠球。

后面附了个微笑的表情。

隔着屏幕,向悠都能想象到他贱兮兮的表情,气得她直喘气儿。

虽然"yoyo"是个再常见不过的人名,但孟鸥当初给她起名时,肯定就等着现在。

就像小学生一样,在课本上看到了什么有意思的玩意儿,就到处大呼小叫。

哪有高中生这么幼稚的!

虽然因此生气的高中生,好像也成熟不到哪儿去。

向悠气鼓鼓地回到个人资料界面,把昵称改成了"stupid gull"。

按她的性格,也只能用这个词儿来骂骂人了。

孟鸥十有八九看到了她改名,不过他什么也没说。

向悠以为他被自己骂住了,心满意足地睡了一觉。

结果第二天一早,孟鸥就跑来找她:"'笨蛋小海鸥',早上好啊。"

"你说什么呢。"向悠瞪他,"我那是在骂你,你不明白吗?"

"骂我?"孟鸥特别自来熟地坐在她课桌角,低头直对她笑,"哪有人骂人的方式,是给自己改名的啊?"

向悠思考了一下,才反应过来。

所以说,生气的时候不能做任何行动!

她气得想赶紧回家拿起手机改名,这让她一整天都有些魂不守舍,也不知道昨晚有多少同学看见她顶着个"笨蛋海鸥"的名字。

这名字听起来,就很像常常被"诚实海鸥"欺骗的那种。

偏偏这一上午,孟鸥绕在她身边念叨个不停,一口一个"笨蛋小海鸥"。

"我不是海鸥，你才是！"向悠瞪他。

"嗯，你不是，你是'笨蛋小海鸥'。"孟鸥特地把前两个字读得很重。

"就说你一点都不 honest！"果然人缺什么，就会给自己起什么名。

"但是你很 stupid 啊。"孟鸥说着，自己都快笑抽过去了。

孟鸥前仰后合笑了好半天，等他回过神来，才发现向悠眼眶红了一圈。

她又气又委屈，红着眼咬着牙根，别开脸一言不发。

孟鸥的笑容僵在脸上，稍显无措地拍拍她的肩膀："那个……我错了。"

向悠使劲一甩肩膀，不想理他。

"我最 stupid 好吧，我是'笨蛋小海鸥'。"孟鸥又拍拍她，语气有点不安。

但向悠还是没说话。

她只怕自己一出声，哭腔就会一并溢出来。

她才不想哭呢，因为这种幼稚园玩笑掉眼泪可太丢脸了，更别提是在孟鸥面前哭。

虽然后来，她在他面前哭过很多次。

有的是别人惹她哭，有的是孟鸥惹她哭。

但最终，孟鸥都把她哄好了。

于是后来的大半天，向悠都没搭理他。

晚上一回家，她便赶紧改了名。改完名她觉得还不解气，想着要拉黑孟鸥时，却看见那只诚实的海鸥……不对。

stupid gull：我错了，我真的错了。我是笨蛋海鸥，聪明悠悠别生我的气了好不好？

向悠盯着他的昵称，"扑哧"笑出了声，于是那一肚子气也随之放干净了。

后来，孟鸥当真没再改过这个昵称。

高中时没改，大学时没改……

怎么有人工作了，还叫这个名字的，同事会怎么看他啊。

向悠通过了这只"笨蛋海鸥"的好友申请，虽然笑着笑着，鼻子有些酸。

stupid gull：我是想来问你，你打算什么时候回去？我开车，要一起吗？

向悠喜欢这种开门见山。

虽然她有些难以回答。

她看着键盘斟酌了好半天，才发了回复。

向悠：二十九号左右吧。

向悠：我坐高铁回去就好。

那头显示"正在输入中……"，显然是第一时间点进了对话框。

但等了很久，孟鸥才发来回复。

stupid gull：好，那先不打扰你了。

"stupid gull……"向悠默念着他的昵称。

笨蛋。

她想起了曾经刷过的好多条恋爱博文，女生想要一份承诺，男生却怎么都不肯给。那时候她觉得男生太不负责，但现在她也迷茫了。

于她来说，承诺不是嘴皮子一碰就能送出的东西。

她对此越在乎，越认真，也越有压力。

她不知道那天孟鸥离开的最后一段话是真是假，她也很难真的去追问。

"你是为了我才来到昌瑞吗"，这种问题不管怎么想都很尴尬。

她衷心希望孟鸥说的是真的，她不愿意为别人牺牲自己的未来，反过来也一样。

只是他们已经分别快三年了，她不知道孟鸥变了没有，甚至也不知道，自己还是不是当初的自己。

这种犹疑不定的心情，在孟鸥向她告白时也出现过。

那时候她用一个拥抱，认定了自己的心。

但现在他们有了一个冲动之下的吻，也有一个打着恶作剧幌子的拥抱，她依然没能下定决心。

或许因为，它们的出发点都不够真实。

那只笨蛋海鸥就这么静静躺在她的通讯录里。

沉默，却震耳欲聋。

公司规定是从大年三十开始放假，不过一般二十九号下午就可以离开。

该做的工作大多已经做完，二十九号这天，向悠和同事布置了半天办公室，吃完午饭便直接下班。

路上人来人往，但都欢欣活泼。地铁里有不少人手拿春联窗花，远眺红灿灿一片，喜气洋洋。

向悠的心情也很好，她已经快半年没见父母了，上次回家还是中秋。她一路奔回家，将昨晚收拾了一半的行李结了尾，打开手机想再确认一遍时间时，却傻了眼。

购票记录里，显示着一个未付款的过期订单。

向悠僵坐在沙发上，头疼地回忆着。

就是上周日，她大扫除那天，也是她准备买票的日子。她明明记得她打扫完租屋，坐下后准备买票——

然后刘鹏一个消息，抢走了她所有的注意力。

向悠急匆匆开始重新看票，然而这个节点，能卖的票一早卖空了，高铁汽车飞机票，统统售罄。

她不死心，又给朋友打电话，问有没有合乘的车，结果对方回了句"你怎么现在才想起叫车"。

能用的方法都用完后，向悠的脑海里冒出了一个名字。

其实不是现在才出现，刚刚翻联系列表时，这个名字在她脑中出现了无数次，但都被她强行压了下去。

而现在，潮水退尽，只剩他了。

向悠犹豫着点开那只"笨蛋海鸥"，聊天记录还停留在上次。

他说好，先不打扰她了。

于是真的没再打扰过。

向悠：在吗？

她不像孟鸥，不好意思开门见山，她需要先揣度一下对方的态度和心情，再考虑要不要说出自己的请求。

没有回应。

向悠盯着手机看了半天，看得眼酸到快要落泪，也没等到回应。

他说的不打扰，说不定是双向的。

对回家的渴望，让向悠没忍住又发了一句。

向悠：真的不好意思，我忘记买票了，可以麻烦你载我一程吗？

她本来想在后面加上"我承担油费和高速费"，想想又删掉了。

到时候她会付的，但摆在台面上未免太冷硬。

还是没有回应。

或许孟鸥真的不打算理她了。

这再正常不过了，被她拒绝了那么多次，孟鸥没有任何义务帮她。

向悠扭头看了眼渐晚的天色，咬牙拨通了语音电话。

她不想一个人在外地过年，所以对不起，就让她打扰他一下吧。她希望他能帮她一次，又或者给她一个明确的拒绝。

不管什么答案，仅此一次就好。

电话响了好几声，到底还是通了。

"喂？"

他的声音从听筒那头传来，莫名听得她一阵鼻酸。

"我想问，可以吗，要是不可以的话，就不打扰你了。"她斟酌着措辞。

"……可以什么？"那头的疑惑很真实，"刚刚给我发消息的是你吗？"

向悠有些蒙："是啊，你没有看见吗？"

"我现在不太方便看消息，有什么事情你直接电话告诉我吧。"

可以打电话但不方便看消息的场合，向悠莫名想不出来。

难不成是孟鸥想逗逗她，听她开口求他。

他是那么恶劣的人吗？

向悠有点记不清了。

但她还是开口道："我忘记买票了，想问你可不可以捎我一程，我知道可能挺麻烦的，要是你不愿意就……"

"你现在在家？"孟鸥打断了她冗长的废话。

这是答应还是不答应，向悠茫然地应了声："……嗯。"

"行，你在家等我。"

2

孟鸥让她等，向悠就乖乖在家等着。

冬日天黑得早，等待的过程中，她站在窗边看了一场日落。

余晖给来往的车水马龙镀上了一层金光，也不知道这之中，哪辆里面坐着孟鸥。

在逐渐降临的夜色中，向悠开始变得焦灼。她在家里来回踱步，想问问孟鸥到了哪里，又不好意思拨出去。

毕竟她是有求于人的那个，不好有太多要求。

更何况，被她请求的还是她的前任。

等着等着，倒是那头先打来了电话。

"不好意思。"孟鸥道，"路上有点堵，可能还要一段时间，你要不先吃晚饭吧。"

昌瑞确实常常堵车，这个节点大家都想回家，估摸着比平时还要拥堵不少。

向悠忙道："你慢慢开，我不着急。你吃过晚饭了吗？"

"没呢。"听筒那头的人叹了口气，听着颇为焦躁，"你吃吧，我等会儿随便吃点饼干之类的。"

"你要是不着急，等到了我请你吃顿饭，我们再回去吧。"向悠道。

"我就怕到时候，怕是没有店开门。"孟鸥无奈地笑道，"不用管我，你吃你的就好。"

上次他也是这么说，让向悠不要管他，结果等向悠真要走

213

的时候,他又像小孩子一样揪着她的袖口。

电话挂断后,向悠开始琢磨起晚饭的事来。等他到了再去下馆子,怕是要耽误不少时间,回去的高速不知道会堵成什么样,想来只能随便买点,下次再补请他一顿。

欠人情果然是件痛苦的事,一时半会儿还不清更是难受,那意味着彼此必须因此产生长时间的纠葛。

向悠想,她好像没有自己说的那么干净利落。

她带着行李下楼,来到小区门口的便利店,热了份饭团当作晚餐。

接着,她在柜台前挑挑拣拣着,又选了份盒饭,打算一会儿孟鸥到了,让他暂且对付一顿。

向悠就这么坐在靠窗的长桌上吃完了饭团,窗外已是一片漆黑,只有车灯闪烁如星。

她等啊等,等啊等,等到夜班的店员都前来换班,也没能等到孟鸥。

结束中班的店员换好衣服,从柜台后走出,顺带着问了一句:"小姑娘,你这大包小包的在等什么呢?"

向悠笑得很尴尬:"等我朋友来接我。"

"怎么这么久都没来,别是搞错时间了哟?"

说着,店员伴着门铃离开了便利店。

向悠看着她骑着电单车的身影消失在窗前,叹了口气。

她租住的地段还算热闹,而她观察了这么久的车流,看起来根本没有那么堵,甚至比不上一些时候的早高峰。

就算他住在郊区,等待的时间也足够从城东开到城西了。

孟鸥在骗她吗?

她的脑中突然冒出了这个想法。

其实最开始，孟鸥给她留下的印象不算好。刚见面就随便撑人桌子，没经允许便翻她课本，念完她名字，还拧眉打量她："你这什么表情啊？"

什么表情？

嫌弃他的表情！

向悠不想理他，把语文书抽回来合上。

"喂，我叫孟鸥。"他说。

"我又没有问你叫什么。"向悠小声嘟囔道。

她有点害怕，总觉得这个男生看起来很不好惹，但她心里又不服气。

两者结合起来，让她把这句气鼓鼓的反驳念得小心翼翼的。

头顶传来一阵笑声。

向悠仰头，就看见他乐得不行："没关系，看出来你不好意思了，所以我主动告诉你。"

哪儿跑来的自恋鬼啊！

后桌的同学在号，问孟鸥什么时候把收费单发给自己，孟鸥高声应了一句，而后拍拍她的桌子，用只有彼此能听见的声音说："回头见，向悠。"

向悠并不是很想再见。

但两人分在一个班，不出意外应该还要见两年。

向悠绝望地趴倒在桌上，觉得自己太鲁莽了，开学第一天就和人结了梁子。

不过第二天孟鸥没来找她，他忙着和班里的其他男生打得火热，一下课便能听见他们的喧哗声。

没有游戏机，也没有玩具，他们手里空空，照样能制定出自己的游戏规则，玩得不亦乐乎。

刘鹏那时候坐她前座,和孟鸥玩得很好,于是向悠常常见他在课间最后一分钟回到座位,再猛一拍桌子:"又被孟鸥那孙子耍了。"

向悠好奇地扭头望去,就看见孟鸥正四仰八叉地坐在座位上,和别人聊得正欢。

虽然不知道他具体是怎么耍了刘鹏,但是看起来,孟鸥似乎是一群人里最鬼精的那个。

向悠的座位离孟鸥很远,看不到他耍人,但是常常能听见他得逞的笑声横跨整间教室传来。

每到这时,她就会嫌弃地握紧水笔,在心里骂他吵,哪怕那明明是课间时分。

也是神奇,孟鸥把他的朋友都折腾了个遍,但大家还是爱和他玩,人缘这玩意儿真奇妙。

虽然很久之后,向悠发现自己也是一样。总是被他耍得团团转,可还是喜欢和他在一起。喜欢他认真地耍她,喜欢他得逞后的大笑,也喜欢他玩过火后的无措。

可能和孟鸥在一起这件事本身就是快乐的,不论做什么。

一开始,孟鸥的恶作剧还没有波及她。

只是有一次向悠从办公室回来时,旁边突然伸出一只手,将她拽进了墙缝里。

准确来说,那是楼道改造后留下的一条又长又窄的空隙,只有一人宽。向悠站在里面转身都困难,她吓得不轻,一瞬间飙出了泪花,想往外跑,偏偏还有人抓着她的衣服下摆。

"向悠。"孟鸥压低声音道,"帮个忙,帮我挡一会儿。"

向悠不知道自己为什么要答应他。

可能根本不是答应,只是衣角被抓着跑不掉,而且他不好惹的印象太深入人心，她唯恐拒绝后会被报复——

很久之后，向悠把自己的初印象告诉他，听得孟鸥直皱眉头："怎么听起来，我那么蔫儿坏呢？"

"你不是吗？"向悠反问他。

孟鸥没反驳。

但等到他们不知不觉钻到被窝里时，孟鸥把这个问题抛回给了她。

并且向她证明了——

孟鸥这个人，就是很坏很坏的！

而那天，向悠像尊门神一样，被迫守在那里，带着一肚子的疑问心"怦怦"直跳。

终于，有个班里的男生跑来，走到一半回过头好奇地看她："你站在这里干什么？"

"唔……背书。"向悠茫然地举了举手里的习题。

好在男生没留意那是本数学册子，"哦"了一声后又道："你看见孟鸥了吗？"

与此同时，蹲在身后的人拽了下她的衣角。

向悠吓得一缩肩膀，摇摇头："没有。"

她的演技太烂，令男生狐疑地扫了她一眼，他的目光自上而下，最后忍不住笑出了声。

就向悠那小细腿，想要挡住什么人可太奢侈了。

"别躲啦，我看到你了！"男生兴奋地喊道。

孟鸥被抓到，让向悠也感到很沮丧。

她感觉头顶冉冉升起一阵阴影，那是孟鸥站起了身。

向悠傻杵在原地，明知道自己什么都挡不住，还是没想着退开。

她犹豫着想问孟鸥怎么办时，男生看起来有些迫不及待了，伸手抓着她的肩膀往后一拉，就像是打开一扇虚有其表的门。

"被我抓到了吧。"男生激动地拍了孟鸥一下。

而被拉开的向悠脚下一个踉跄，狼狈地跌坐在地。

"你抓人家干什么？"孟鸥的声音自头顶炸开，里面带着少有的怒意。

她正准备自己撑着地站起，胳膊被人一把抓住，孟鸥猛地单膝跪在她面前，膝盖砸在水磨石上一声闷响。

他脸上的怒气未散，看得让人一阵胆寒。

向悠吓得不行，却听他用截然不同的温柔嗓音道："你还好吗？"

向悠怯生生地点点头。

"你还挺会藏的啊。"男生笑嘻嘻地拉孟鸥。

孟鸥反手将他拍开，语调又高了几分："别碰我！"

向悠被吓得一抖，而抓着她胳膊的孟鸥大抵也感受到了，低头对着她尴尬一笑："不好意思。"

他的声音一会儿高一会儿低，快到连脸上的表情都来不及变化。

向悠莫名感到好笑，垂下眼闷闷地笑出了声。

很快，她听见耳边也传来同频的温柔笑声。

男生悻悻离开，这里只剩下他们俩，孟鸥率先起身，向她伸出了一只手。

其实向悠摔得真不重，要不是孟鸥抓着她，她一早自个儿爬起来了。

但此时，她却定定地望着眼前伸来的手。

就是前段时间按在她桌上的那只手。

她看过了骨节分明的手背,又看到了宽大的手心,纹路分明,还是个断掌,听说打人很疼。

但她犹豫着,还是握住了那只手。

比她的手高了好一截的温度。

孟鸥轻松地将她拽起,脸上的表情是少有的拘谨:"真不好意思,你没事吧?"

"没事呀。"向悠摇了摇头,"那个……你被抓到会怎么样吗?"

孟鸥一愣,接着大笑起来:"你怎么现在关心这个啊。"

如果不重要,那他刚才火急火燎地让自己挡住他干什么。

向悠不太明白,不过多少放了心:"没事就好。"

"这话应该我跟你说吧。"孟鸥的笑就没停过。

向悠不知道自己的话有什么好笑的,能让他笑上好半天。

但是她知道那只手还没松开,笑声带起的震颤正随之传递给她。

向悠无措地抽了抽手。

第一次没抽开,第二次大概孟鸥意识到了,主动放了手。

彼此的表情都有点尴尬。

空气陷入沉默之中,向悠将怀里的习题册抱紧了些,打算离开时听见孟鸥道:"你进来过这里吗?"

向悠扭头看向墙缝,摇摇头:"之前没有。"

孟鸥一昂下巴:"里面特别好玩,要不要进去试试?"

那时候她太天真,尚未被孟鸥耍过,听他这么说,便果断好奇地走了进去。

这其实就是个五面封着的墙缝,里面什么也没有,还有点脏。

向悠好奇地一路走到尽头，茫然地望着平平无奇的墙面："哪里好玩了呀？"

没人应她。

她有些艰难地转身，结果一头撞上了一个温暖的胸膛。

孟鸥正垂眼看她，唇角眉梢都含着笑。

要到后来她才知道，那就是孟鸥恶作剧得逞的表情。

而那时候的向悠茫然地看他，重复道："这里也不好玩呀。"

"那你回去吧。"孟鸥道。

好无聊的人。

向悠在心里吐槽了一句，想着离开时却发现，有孟鸥堵在前面，她根本寸步难行。

"你先走啊。"向悠推推他，"不然我怎么走。"

孟鸥无动于衷地撇撇嘴，一副不打算挪开的样子。

向悠终于意识到问题不对，使劲地推他。可孟鸥就像一堵墙那般挡在面前，任她怎么推都纹丝不动。

他甚至有余裕抽走向悠怀里的习题册，随手翻了翻道："新一章我已经写好了，要不要抄？"

向悠可没有抄作业的习惯，就算抄，也绝对不抄面前这个王八蛋的！

"你快点让开啊，要上课了！"向悠急得不行。

孟鸥依然若无其事地看她，继续扯东扯西道："你怎么就不能多吃点，那样不就可以把我挡住了吗？"

要想挡住孟鸥，那得多吃多少呀。

果然，就知道他在报复自己。

向悠又怕又委屈，瘪着嘴快哭了："你这么大，我怎么挡啊。而且我又没有答应帮你挡，你非把我拽过来，你这个人怎么这么不讲理啊！"

说到最后，她都有点语无伦次了。

向悠激动地说了半天，一抬头看见孟鸥还在笑。但不是那种开心的笑，也不是得逞的笑，而是一种她第一次见到的笑容。

有点陌生，有点温柔。

可能是这地儿太窄，闷得她脸颊都有些发烫。

"看你气得。"他说话还是很令人讨厌，语气却是奇怪的柔和，"上了贼船跑不掉了吧。"

上课铃随之响起，向悠急得都快在他的胸前擂鼓："你快点让我出去！"

"知道啦，知道啦。"孟鸥擒住她的手腕，还故意晃了两下。

向悠耐心等待着，便见他使劲揉了下自己的头发，一转身向外走去。

这一揉蹭下了几缕碎发，她抬手一点点拨开，看见他已经站在路尽头，对着她笑。

外面的光亮被他挡住了大半，唯一剩下的那点自上而下，仿佛是天然的打光，让他看着没那么讨厌，还有点好看。

毫无疑问，那天两人迟到了。

老师把两个人狠狠训了一顿，向悠低着头，眼泪在眼眶里打转。

一下课，孟鸥便跑来往她桌上扔了一块巧克力："赔罪。"

向悠不想搭理他，把巧克力推到桌角上。

孟鸥转头就跑，没一会儿，又气喘吁吁地来到她面前，往她桌上放了一整盒巧克力，上面的标签一看就是刚从小卖部买来的。

"重新赔罪。"他说。

221

上课铃恰逢此时响起,孟鸥一溜烟回了座位。向悠看着这一盒巧克力扔也不是,只能放进了桌肚。

　　可她依然不想理孟鸥,而下个课间又跑来的孟鸥显然也意识到了这一点。

　　"怎么办啊。"孟鸥说,"要不你也把我堵里面一次?"

　　向悠瞪他:"我哪里堵得住你。"

　　"只要你想堵,就能堵住。"孟鸥道。

　　向悠不太明白,但还是乖乖跟他又来到了那条墙缝旁。

　　她很警惕地站得离开好远,孟鸥无奈地笑笑,自己首先站了进去。

　　向悠稍微走近了些,不过依然只敢站在洞口。

　　她看见孟鸥抬起一只手作投降状:"你把我堵住了。"

　　这算哪门子的堵。

　　向悠没想搭理他,就站在洞口看他。

　　孟鸥跟罚站似的,很乖地站在里面。

　　直到走廊上的人逐渐减少,向悠道:"快上课了,我要回去了。"

　　"等等。"孟鸥喊住她,"你想堵我多久?"

　　她一走,还堵什么?

　　向悠没明白,随口道:"一节课吧。"

　　"哦。"孟鸥点点头,"你回去吧。"

　　向悠莫名其妙地往外走,频频回头看了好几眼,都没看到孟鸥跟上来的身影。

　　直到上课铃响起,坐在教室里的向悠扭头看向那个空座位,心头"咯噔"一下,他总不能真站一节课吧?

　　算了,不可能的,他那么狡猾的一个人,怎么可能真的老老实实站那么久。

向悠这么想着,决定收心开始上课。

老师一进来便看见那个空座位,问了句"孟鸥去哪儿了",没人回答。

他没多说什么,按部就班开始上课。

而上了有十分钟后,老师终于忍不住又道:"孟鸥怎么还没回来,真的没人知道他去哪儿了?"

此刻,老师显然有些着急了。他放下课本,正准备给班主任打电话问问时,便见向悠犹豫着举起手道:"老师,我好像知道他去哪儿了。"

"去哪儿了?"

"去、去墙缝那里了……"向悠也不知道该怎么描述。

"什么缝?"老师一头雾水,"你赶紧把他喊过来,都上课多久了还不回来。"

向悠离开座位,一路跑了过去。

一看,孟鸥当真还站在那里,见她出现后惊喜地笑道:"你怎么这么早就来了?"

"你真要站一节课啊?"向悠觉得这个人真奇怪。

"没辙啊,被你堵着出不去了。"孟鸥推了推不存在的空气墙,演得煞有介事。

"你快走啊,老师要生气了。"向悠忍不住替他着急起来。

孟鸥向她伸出手:"那你放我出去。"

"你自己不会走出来吗?"向悠莫名其妙。

"不行啊,你不放我出去,我出不去。"

孟鸥说得一本正经的,让向悠都怀疑地打量了半天,好奇是不是真的出现了什么怪事儿。

但很快她意识到，孟鸥就是在耍无赖。

"那你就待满一节课吧！"向悠回他。

说完，她转身就走。

没走两步，她忍不住回头看，洞口看起来毫无动静，说不定孟鸥真的能站一节课。

她才不在乎孟鸥会不会被骂呢，但她答应老师把他找回来，回头不太好交代。

向悠颇为无奈地又回到了墙缝外。

孟鸥一见着她就笑，再次向她伸出了一只手。

向悠别开眼，抓着他的手使劲一拉。

孟鸥猛地冲上前，直给她撞了个踉跄，差点要摔倒时，肩上又伸来一只手扶住她。

向悠不安地一缩肩膀，听见他道："是你提前放我出来的，不许生气了啊。"

真是蛮不讲理的一个人。

向悠抬头看他，看他笑得痞坏痞坏的。

但又有点好看。

太过分了，这张脸太过分了。

总之就是自那以后，向悠进入了他的恶作剧受害者范畴，甚至看中她之后，他都不太爱搭理其他人了。

向悠每天被他缠着，气得不得了，也开心得不得了。

但也有一些不愿承认的时刻。

又心动得不得了。

3

向悠还在等。

冬夜愈来愈冷，便利店里没有开空调，她将身上的棉服裹紧些，又去点了份关东煮。

比起用来吃，它更像是用来暖手的。向悠双手环握着它，努力汲取那一点宝贵的温度，静静望着窗外越发稀疏的车流。

孟鸥耍过她很多回，有些玩笑想想也挺恶劣的。而现在，他们已经分手了，她不是一个合格的前任，不给人一个确切的回答，还反过来请人帮忙。

要是孟鸥记她的仇，让她就傻等这么一个冬夜，也不无可能。

向悠心里知道这一点，但她还在等。

她也不打算去问了，就这么等下去吧。

等到便利店看不下去赶她走，等到落下的太阳再度升起，等到孟鸥一通电话过来，告诉她她被耍了。

无论是哪一种，她都可以接受。

她需要给这段纠缠不清的感情一个确切的结局，她才不想变成那只巴甫洛夫的狗，每次孟鸥一出现，就让她的心好几天不得安宁。

她想要彻底心死一回，而它必然需要付出一些代价。

就让一切以这个冬夜为结吧。

关东煮的汤已经变得冰凉，向悠起身将它丢进垃圾桶，想着要不要再买些什么时，电话响了。

在这个深夜无人光顾的便利店里，铃声显得格外刺耳。

向悠手忙脚乱地翻出手机，看着没设备注的那只"笨蛋海鸥"，用力抿了抿唇。

总该面对的。

她按下接听键，小心翼翼地将手机举到耳边。

225

细微的电流声中,他的声音也带上了少许磁性:"我到你家楼下了,你下来吧。外面冷,记得多穿点。"

这是……恶作剧吗?

如果想骗她出门,好像没有必要让她多穿点。

向悠莫名有点鼻酸。

"我在小区门口的罗森。"她开口道。

"哦,那你等我两分钟,我现在开过去。"那头的语气稀松平常。

她现在好像可以确认,孟鸥是真的会来了。

向悠抓起放了好久的便当,当她刚来到便利店,以为孟鸥很快会来时,它被拿去热了一遍。

而现在,它已经彻底放凉了。向悠重又走到柜台前,麻烦店员再热一遍。

向悠一手拉着行李箱,一手拿着便当,就这么投入了户外的冷风中。

这次她没等多久,便看见茫茫夜色中,终于有一束车灯是向她而来。

还是那辆熟悉的黑色沃尔沃,白天打眼的大怪物,此刻几乎融进了夜色里。

孟鸥将车横停在门口,无比自然地上前接过她的行李,打开了后备厢。

"你怎么不在店里等我?外面多冷。"孟鸥放好行李关上后备厢,随口道。

向悠含混地"嗯"了一声。

"怎么了?"孟鸥看了她一眼。

向悠没说话,低头往副驾驶走。

她喉头发哽，只怕一开口就是一句哭腔。

之前她坐这辆车的时候，它还是属于孟鸥父亲的。那时候，车里摆了好多东西。光是前面就挂了串玉坠，又摆了个大肚佛的坐像。

而现在，这些东西都没有了，整洁得像辆新车。唯有中控台一角扔了盒纸巾，上面还写着"××石化"的字样，一看就是加油时油站送的。

向悠默默扣上安全带，将便当递给他："回头再正式请你一顿。"

怕露馅，她的声音放得很轻。

孟鸥接过便当，随手放在了中控台上。

大概是嫌弃吧。

向悠低下头来，却听见轻微的"咔哒"声后，车内亮起一簇昏黄的灯光。

没了黑暗，她的一切情绪都无所遁形。

孟鸥按亮了阅读灯，开口道："你怎么了？"

"没事啊。"可惜一听就很没有说服力。

"向悠。"孟鸥抬手按上她肩膀，"你看着我说话。"

好吧，看他。

向悠鼓起勇气抬起头，直直地盯着他看。

昏暗的灯光下，他本就立体的脸更是明暗分明，怕是素描的绝佳素材。

"怎么这副表情？"孟鸥的声音很温柔。

向悠不说话，抿唇盯着他看，泪水越蓄越多。

"怎么了这是，怎么还哭了？"

孟鸥稍显无措地抬起手，想帮她揩去眼泪时，却见她一低头，扑进了他怀里。

"我以为你不要我了——"

像是按下了开关，向悠一秒放声哭了出来。

刚刚所有的焦灼、委屈、不安，全部随着眼泪尽数释放。

她的脑袋好乱，乱到没法审核说出的话。

她明明可以说"我以为你不来了""你为什么让我等这么久"，但本能送出口的却是这句——

"我以为你不要我了。"

当她孤零零地坐在便利店里时，真的有一种被抛弃的感觉。

孟鸥很轻地一下下抚着她的背脊："我没有不要你啊，我怎么可能不要你。"

理智逐渐回归大脑，向悠有点儿脸红。

她尴尬地搓着孟鸥的衣角，不好意思抬头看他，就这么闷在他怀里道："那你怎么现在才来……"

"对不起。"孟鸥苦笑了一声，"你给我打电话的时候，我刚好在回去的高速上，接到电话我就赶紧找最近的出口。

"只是我没想到，回去的高速堵，出来的高速更堵，一直堵到现在。我该再给你打一通电话的，你怎么也没打给我？"

向悠不好意思把刚刚心里想的说出口。

她本来以为会是结束，但现在看来，这团乱麻是真的理不清了。

甚至还有不断蔓延的趋势。

向悠将头埋得更深了些："我以为……"

她说不下去了。

"以为我不要你了？怎么可能。"孟鸥自嘲地轻笑一声，近乎自言自语低声道，"只有你不要我的份好不好。"

向悠心头涌上一阵负罪感。

她不敢看孟鸥的脸,但也不能一直赖在他怀里,只能就这么低着头退出来,对着空气盲指:"那个,你先把便当吃了吧。"

"一份便当就打发我啊。"孟鸥开她玩笑。

"没有。"向悠急匆匆道,"回去之后我还会再请你的。"

"这么大的恩情,一顿可不够啊。"孟鸥又恢复了从前的吊儿郎当。

而向悠喜欢他这样,能让自己也终于放松下来,她附和着道:"那就多请几顿。"

"几顿?"孟鸥问。

"你说几顿就几顿。"

"你完了向悠悠。"孟鸥一边拆便当一边道,"以后我没事儿就找你蹭饭,别被我吃垮了。"

"你这个人怎么这么坏啊……"向悠嗔他。

"现在才发现?迟了。"孟鸥夹起一块肉,往她嘴边送去,"喏,尝尝。告诉你,后悔也没用,先想好下一顿请我吃什么吧。"

向悠一边嚼,一边想,末了将东西咽下去:"想不到。"

"那就慢慢想。"孟鸥道,"想好了告诉我,我随时有空。"

选择权好像轻飘飘地又回到了她手上。

吃完便当后,孟鸥便上了路。

汽车疾驰在深夜的高架桥上,路灯串成了一条流光溢彩的线。车内放的不是慷慨激昂的摇滚乐,而是首婉转的蓝调,一口烟嗓的女声极尽缠绵。

向悠以一个舒服的姿势靠在座椅上,微微侧身看孟鸥开车,心里有种莫名的安定平和。

孟鸥的开车姿势不算标准,左手抓着十点方向,右手虚搭

229

在档把上，没给他安排辆手动挡真是委屈。

感受到她的余光，孟鸥飞速地瞥了她一眼："看什么呢？"

"随便看看。"夜深了，向悠的声音也带了几分懒洋洋。

"是不是冷？后座有毯子，或者我帮你把空调打开吧。"孟鸥道。

"不冷。"向悠努力将脑袋从棉服里伸出来，"我只是……不想坐直。"

闻声，孟鸥忍不住笑出了声，食指轻快地敲着方向盘。

她真的觉得现在这样很好。

车内的温度刚刚好，座椅很是柔软舒适，音乐舒缓缱绻，窗外流转的夜景漂亮，而孟鸥正坐在她身边。

毕业以后，好像没有比此时更舒服的时刻了。

说不上哪一点更好，但它们结合在一起，无疑是最完美的。

市内的交通很通畅，然而进了高速，绵延的春运浪潮望不见尽头。

"准备到家吃早饭吧。"孟鸥开开停停，打趣道。

向悠没怎么见过春运的高速，她伸长脖子使劲儿望着车流，眉头不自觉地皱紧。

"话说你怎么会忘记买票？"孟鸥用余光看她。

向悠"刺溜"一下把脑袋又缩了回去，好像一只遇到困难只想逃避的小乌龟。

她的声音隔着棉服传出来有几分发闷："我买了的，但是没有付钱。"

"怎么这么落魄了向悠悠？车票钱都付不起啦。"孟鸥打趣道，"那我的几百顿饭还能报销吗？"

"我不是没钱付，我是忘了。"向悠突然回过神来，"几百顿？你这是敲诈我。"

"那我可不得乘人之危，狠狠敲上一笔。"孟鸥无赖得很。

"明明都怪你……"棉服的拉链拉到了尽头，向悠从里面只露出一双明亮的眼睛，小声嘟囔道，"我那天都下单了，结果你突然要加我……"

"然后就忘记付钱了？"孟鸥接上她的话。

向悠"嗯"了一声，末了觉得不太对。

因为前任的一条消息而忘记了这么重要的事，多少有点没出息。

耳边传来轻轻的笑声，和一句语气莫名有些宠溺的话："好吧，都怪我。"

向悠很想像他一样开几句玩笑，说什么"那你要补偿我"之类的话。但她说不出口，她只是将身子又沉下去几分，直到眼睛也埋了下去，在一片漆黑里，感觉自己的脸颊烧得发烫。

离开昌瑞段后，高速更是堵得一发不可收拾。半小时车流都没挪上一寸，不少人在车内待不下去，站在外面放风。

孟鸥靠在驾驶座上，疲惫地打了个哈欠。

"要不你先睡一会儿吧，我帮你看着。"向悠道。

"你不困吗？"孟鸥看她，"我看你刚上车就萎靡不振的样子。"

"不困。"像是要证明自己似的，向悠将双眼睁大了些。

"知道你眼睛圆了。"孟鸥看着笑出了声，将座椅放平了几分，"那我眯一会儿。"

"嗯。"向悠将棉服拉链拉下少许，背脊也挺直了些，一副准备认真值岗的态势。

静止不变的风景很是无聊，向悠安静地看着车外的人抽完一整支烟后，默默将头扭向驾驶座。

孟鸥睡着和醒着的模样可谓是判若两人，眼睛一闭，敛去那些狡黠的眸光，也像是褪去了坚硬的外壳，整个人柔和到没有半分攻击性。

他看起来甚至堪称脆弱，却又如同一把温柔刀，将向悠的心搅得一塌糊涂。

怎么办呢？

她问自己。

怎么办呢向悠，怎么反反复复还是栽在他手上了呢。

熄火的车内有些冷，向悠将棉服拉链轻轻又拉回去，扭头看到了后座的毛毯。

她轻手轻脚地伸长手臂够回毛毯，小心翼翼地帮孟鸥盖上。

孟鸥睡得不太深，这点小动静惹得他皱眉闷哼了两声，他无意识地抬手摸了摸身上的毛毯，顺带截获了向悠没来得及收回的手。

而后他就这么又睡了过去，轻轻握着她的手。

对于向悠来说，这怎么都不是一个舒服的姿势。她整个人朝驾驶座倾去，腰部卡着坚硬的换挡杆台，双腿委屈地折着。

但不知怎的，她舍不得抽回手。

手心里是舒服的羊绒毛毯，手背上是他温暖的手，他指尖微微蜷缩，有几分眷恋地握着她。

手表从衬衫袖口露出一小截，在黑暗里闪着幽深的光泽，向悠盯着那一小圈光亮看，不知不觉好像坠了进去。

孟鸥是被此起彼伏的鸣笛声吵醒的。

车笛声来自前方的车流，猜测是前面通了一段路，但有些像他一样睡着的司机，忘了开车跟上。

不知道他们是没有个提醒的伴呢,还是那个说好要提醒的人,也像他身边的这位一样——

孟鸥低下头,看见向悠一只手被自己握着,就这么趴在换挡杆台上睡着了。

"悠悠。"他稍稍用力握了握她的手,"先起来,到后座睡。"

"啊……"向悠懵懵懂懂地抬起头,眼神一阵呆滞,"我怎么睡着了,不堵车了吗?"

孟鸥看了眼有挪动迹象的车流:"嗯,应该快了。你去后座躺下来吧,这么睡觉不难受吗?"

"难受……"向悠哼唧着揉了揉发疼的腰,却还没忘跟他道歉,"不好意思,我也不知道我怎么就睡着了。"

"不要紧啊,又没误事儿。"孟鸥将身上的毯子递给她,动作稍稍一顿,"你帮我盖的?"

"嗯。"向悠一边揉眼睛,一边含混地应着。

孟鸥抿唇止住欲扬的笑意,低头望向手里的毯子。

差点就舍不得给了。

向悠到底还是没到后座睡觉,她用毯子将自己裹成一只蚕蛹,看着这重新恢复活力的车流。

途中父母有给她打通电话,问她怎么还没到家。

"叔叔阿姨给你打的电话?"电话挂断后,孟鸥道。

"嗯。"

"这大过年的……等会儿送你到家,我是不是得带点礼品之类的?"

"啊?"向悠压根没想到这一茬。

辛辛苦苦折腾半天送自己到家,让他马上走人好像不合适。但要是请他回家坐一坐,又不知该怎么和父母交代。

"我托 A 市的朋友帮我寄了几盒糕点,你爸妈要是不嫌弃的话……时间匆忙,都没来得及准备。"孟鸥道。

怎么听起来,有点怪怪的呢。

虽然知道是拜年,但好像在见家长似的,还是以这种关系。

"不用啦,他们不喜欢吃点心。"向悠弱弱道。

"你不是喜欢吗?"

"嗯?"

"你喜欢,就当送给你了。"孟鸥道。

那她送给孟鸥什么呢?

向悠总觉得自己好像还没长大,逢年过节这些习俗传统,她总是一知半解的。

几号给谁拜年,要带什么年货,她一概不知。她只要乖乖当父母的跟屁虫,说上几句吉祥话,讨个一直发到结婚为止的红包。

所以她自然也没买什么年货,行李箱里满当当装着的是过年的漂亮新衣服,和一些日常杂物。

"你喜欢什么呀……"向悠很不好意思地问道。

"你不知道我喜欢什么?"孟鸥反问道。

"知道,但是不知道过年应该送什么。"她又不是金鱼的记性,自然记着孟鸥的全部喜好,甚至想忘都忘不掉。

"所以,你这是要来我家拜年吗?"孟鸥笑道。

向悠脑子"腾"的一声炸开,耳边"嗡嗡"响。

"我没有,不是啦,呃,只是觉得要礼尚往来……"她一阵语无伦次。

"过完年你打算几号回去?"孟鸥突然说了个完全无关的问题。

"大概初五吧,回去还得收拾收拾。"向悠虽然有点蒙,但还是认真答道。

"初五要一起走吗?到时候你请我吃顿饭,就当回礼了。"孟鸥道。

不用去他家拜年了。

向悠多少松了一口气。

她确实还没有做好准备,她更喜欢一切慢慢发生。

堵过了那一段路后,交通越发顺畅起来。

凌晨三点,孟鸥终于把她送到了家。

孟鸥帮着她拿下行李,又在上面放了一大盒糕点:"那我就不送你进去了。"

"嗯。"向悠点点头,"谢谢你,除夕快乐。"

"除夕快乐。"

向悠拿着行李没走两步路,门突然从里面开了。

她家是个老式的单门独院,父母大抵是听到了门外的动静,裹着睡衣就出来开了门。

"你不到家,我们都睡不着哦,路上这么堵的呀。"母亲一开门,便一阵关心道。

向悠僵硬地将行李递给父亲,而没来得及上车的孟鸥,尴尬地站在原地同他们面面相觑。

"这位是……"向母盯着孟鸥看了好一会儿,心里有个答案,但又不确定。

毕竟上次见面还是很久之前的事。而且,两个人不是一早分手了吗?向母心里有些纳闷。

向父的眼神则更多了些警惕,连背脊都挺直了几分。

向悠夹在中间很是尴尬,伸手想把父母先推回家时,却听见孟鸥在背后开口道：

"叔叔阿姨，我是孟鸥。"他毕恭毕敬地一欠身，"大晚上的打扰了，除夕快乐。"

4

招呼一打，向悠父母的表情缓和了几分。向父则干脆把半敞的大门全部打开，说："一路开车过来辛苦了，要不要进来坐会儿？"

孟鸥拂不开面，点点头："好，谢谢叔叔。"

向悠家门前的路很窄，这么个大块头几乎占了三分之二的位置。虽说半夜少有车来，但就这么停在门口也不太合适。

孟鸥上车准备把它开到院里，向悠高喊着"爸妈我有东西落下了"，也赶忙钻进了副驾驶。

一上车，两人便紧张地大眼瞪小眼。

孟鸥更是少有的慌张："怎么办，你爸抽烟吗，我后座捎了几条烟。还有盒燕窝，阿姨吃这些东西吗？对了，还有两瓶茅台，也拿上吧？"

听他这语气，像是要把准备带回家送礼的年货，半路一股脑全在她家倾销了。

向悠心里本来也紧张得很，不知怎的，头一次看孟鸥这样，她莫名有些想笑，不安也缓解了几分。

"都不用。"她按住孟鸥的手，"你不是送了我盒点心吗，那就够了。"

"我那是没想到我还得进去坐坐。"孟鸥反手按住了她，"就一盒点心怎么够，显得我多抠门一样。"

就像在玩打手游戏似的，向悠重又伸手按住他："你大包小包带那么多东西进去,不觉得有点奇怪吗?"

这话一说,孟鸥沉默了。

向悠也感觉被她按住的那只手,好像一下子失了力。

他们现在的关系,只是老同学而已,哪有老同学上门随便坐坐,还兴师动众拿上一堆礼品的。

"好吧。"孟鸥淡淡道,抽回自己的手握住了方向盘。

原本侧坐的向悠也整个儿靠上了座椅,静静看着他往院内开去。

车内的气氛稍微有点沉闷,但一下车,两人还是默契地挂上了笑颜。

一进门,向悠便举起那盒点心晃了晃:"爸、妈,孟鸥从A市特地带来的,回头我们一起尝尝。"

"这又是送你回来又是带礼物,让人家破费了啊。"向母拍拍她,"看你这记性,回家的票都能忘了买。"

向悠"嘿嘿"一笑,说:"还好有他,不然我可能就回不来了。我打电话给他的时候,他已经在回来的高速了,特地又开回昌瑞接我。"

"小麻烦鬼!"向母笑骂了一句,看向孟鸥的眼神带了几分欣赏。

"来来来,赶紧坐。"向父朝着沙发一指。

孟鸥也忙指了指沙发:"您先坐。"

"别客气,坐就是了。"向父不和他客套,抓着他的肩膀强行把他按了下去。

孟鸥双手放在膝上,像个小学生似的坐得笔直,频频朝向悠投来求助的目光。

偏偏向悠只怕自己笑出声来,按着笑意别开了眼。

237

"大糕，尝尝。"向父随手拆开一盒大糕，给孟鸥递去。

孟鸥用双手恭恭敬敬接了下来，结果下一秒，向父又抽了盒牛奶出来："来，这个牛奶蛋白质含量很高的。"

"谢谢叔叔。"孟鸥将大糕放在腿上，重新用双手接过牛奶。

见东西都顺利递了出去，向父满意地在侧边沙发上落了座，但他好像还嫌不够："怎么不喝呀？"

"哦！好。"孟鸥手忙脚乱地开始拆吸管，乖乖开始喝牛奶。

"大糕也尝尝，过年必须要吃的。"

"对、对。"孟鸥放下牛奶，又开始忙不迭地拆大糕。

没想到孟鸥还有这副模样。

向悠站在不远处，看得一个劲地发笑，结果被母亲轻轻揪了下耳朵："看你笑得。"

"干什么呀，妈。"向悠揉揉耳朵跟她撒娇。

"你们什么时候复合的？怎么都不跟妈妈说。"向母凑近她的耳朵，压低声音道。

"我们……没有复合。"向悠的表情有些尴尬。

"没复合呀？"

客厅统共就这么大，向母的声音稍微大了点，瞬间吸引了那两人的目光。

孟鸥惴惴不安地看过来，半张着嘴觉得该说些什么，又找不到合适的词句。

"那人家也帮你把闺女送回来了不是。"少顷的安静过后，向父率先打起圆场，"既然处不下去，就当个朋友也挺好的。"

"是挺好，是挺好。"向母意识到自己说错了话，跟着接了话。

她环视一圈，又翻出盒桃酥，拆了一块递给孟鸥，顺带着岔开话题:"悠悠就爱吃这家店的桃酥,每次回来都要我们给她买,我们是吃不出有什么稀罕的,你尝尝。"

向悠推推她:"妈,你给我留点面子啊。"

"这有什么丢脸的。"向母也递了一块给她,"这次特地给你多买了几盒,回头带到昌瑞慢慢吃。"

向悠拆开桃酥,低头一边吃,一边用余光看孟鸥。

他看起来很忙,又是大糕又是桃酥,还有盒牛奶,真是可怜只有一张嘴。

是呀,就算处不下去,做个朋友也挺好。就像那晚她想的,拥有一段长久的友谊,不比一段脆弱易碎的爱情更强吗?

但是怎么回事呢,她好像有些不满足于只是朋友。

理智与情感,天生就是矛盾的两极。她的心在其中飘摇着,每次被理性拽回来一点,都会不自觉移开更多。

只差一点距离,而那点距离被最后的理智严防死守着,但看起来也岌岌可危。

虽然刚刚的尴尬被圆了回来,屋内的气氛还是不可避免地压抑了许多。父母开始聊起别的话题,说今年过年早,说春晚有哪些期待的节目,说不知道什么时候下雪。

一阵尬聊过后,孟鸥终于解决了一堆吃的,主动起身道:"叔叔阿姨,时间不早了,那我就先回去了。"

"好,路上注意安全。"向父拍拍他。

向母赶紧拿了箱新的牛奶,捎上一礼盒车厘子递过去:"来来来,回家慢慢吃。"

经过了一番没意义但有必要的推拉后,孟鸥最终把它们都收下了。

屋门打开,一直站在最后的向悠走上前:"我送你出去吧。"

239

父母则主动留在房里，目送他们出门。

从里屋到停车的位置也就几步路，向悠看着他把东西放进后备厢后，开了口："你……别介意。"

"介意什么？"孟鸥笑道，"感觉我像来你家蹭吃蹭喝的了，连吃带喝还打包上一堆，你爸妈别介意我才是。"

向悠淡淡笑了笑，看着他没说话。

孟鸥也没再言语，站在原地同她相视。

头顶一轮明月，终于照亮了迟来的重聚。

"回去注意安……"

"向悠。"

两人几乎是同时开口，最终还是孟鸥打断了她。

向悠认真地"嗯"了一声。

赢取了话语主动权，孟鸥却没能好好利用，他只是习惯性地轻轻摸了摸她的头发："除夕快乐。"

这个除夕是很快乐，但也有一点奇妙的酸涩。

向悠一路目送车尾灯消失在道路尽头，才不紧不慢地将院门关上，回到了屋里。

父亲先去休息了，母亲倒还守着她："悠悠，坐下和妈妈聊聊呗。"

向悠知道母亲要聊什么。

想来早晚得面对，她决定还是不要逃避。

他们俩恋爱的事就没瞒着父母，向悠没少和父母提到他。得知孟鸥考了个那么好的大学，她父母高兴得就像是她考上了似的。

再后来提起他，就是两人要一起去 A 市啊，一起回来啊，路上有个伴，父母也放心了不少。

大四时，母亲甚至有旁敲侧击问过他们想什么时候结婚，说他们这种校园恋爱长跑要么马上结婚，要么十有八九毕业得分开。

向悠推托着，说想等自己安定下来再说。

结果母亲一语成谶。

来到昌瑞后，向悠没急着入职，而是折回老家了一趟，大抵看她状态不太好，父母默契地没提他们分手的事。

向悠就这么在家休息了几日，终于在准备离开的那天，扑到母亲怀里大哭了一场。

她嘴里说的是舍不得父母，但知女莫若母。

母亲抚着她的背安慰她，和她说人总有聚散离合，有时候也不怪谁，可能就是缘分不够，以后总会遇到更有缘分的。

但向悠之前经过父母卧房门口，无意间听到他们感慨，觉得真是遗憾。

真遗憾。

无论父母、同学、班主任，这是几乎所有人得知他们分手后的第一反应。

大家都期盼他们能缔造一段从校服到婚纱的童话，但现实总不遂人意。

"妈。"向悠握住母亲伸来的手，在她身边落了座。

"小孟也算有心了，大老远的从A市到昌瑞接你。"母亲道。

"妈，他……离开A市了，现在在昌瑞工作。"

"怎么回事？"母亲一瞬间正色起来，"因为你吗？"

"不是啦，因为、因为昌瑞有公司挖他，他觉得相较之下这边的待遇福利比较好，就过来了。"向悠帮他撒了个谎。

天晓得她一个对父母向来坦诚的人，怎么本能就说了谎，出口时自然到她自己都难以置信。

只是倘若按照孟鸥自己的说辞,说他是在 A 市混不下去,不得不回来,母亲会怎么想他?

就算他们只是朋友,在父母面前维护一下朋友的面子,也无可厚非。

至于还有一些不可告人的小心思,就让它继续藏起来吧。

"那你们现在,岂不是又在一座城市了?"母亲道。

"……是啊。"

"妈妈不想做那种讨厌的老古板,成天催这个催那个。不过悠悠,你自己有想过你的终身大事吗?"

向悠是有想过,并且得出的结论有点绝望。

不过自从孟鸥重又出现后,她的心头好像蓦地燃起了一簇火苗,很微弱,但有不断壮大的趋势。

"妈——"向悠一头埋进母亲怀里,"你这不就是催我吗?"

"不催,不催。"母亲哭笑不得地拍拍她,"我只是告诉你要把握好机会,第一次溜走了,第二次再抓不住,可能真的就没了。"

"你希望我和他复合吗?"向悠埋着头问道。

"我和你爸觉得他人还可以,但我们看到的终究只是一小面,还是要看你自己的考量。没什么希望不希望,我和你爸唯一希望的,就是你能幸福。"

那她和孟鸥在一起,会幸福吗?

她本想把这个问题当作一个长久的考虑,可是答案冷不丁就蹦了出来。

会的、会的、会的。

最后那点薄面,让她在母亲怀里撒娇着岔开话题:"妈,我好困哦。"

"好好好，妈知道了，那快去睡吧。"

向悠醒来时已是下午，她揉了揉饥饿的肚子，循着香味来到厨房，随手拿了块刚炸好的藕夹。

"谁家的小老鼠，上这儿偷东西来了？"父亲打趣她。

而被抓包的小老鼠一点都不慌张，咬了一大口香喷喷的藕夹。

"你呀你呀，这么大的人了，饭都不会做。"母亲有些恨铁不成钢。

向悠吃着东西，含混不清地应道："反正我又不会饿着自己啊。"

"这倒是看出来了。"父亲插了句嘴。

"话说，小孟会做饭不？"母亲突然道。

向悠停住咀嚼，莫名有点不好意思："会的。"

"哦。"母亲若有所思地点点头，没再多言。

吃完年夜饭后，一家人围在沙发上看春晚。

向悠多少有点心不在焉，低头刷着手机。

屏幕上突然跳出一个弹窗，是那只"笨蛋海鸥"给她发了消息。

stupid gull：除夕快乐！

下面还附了份压岁钱。

向悠想想倒也没扭捏，收了他的红包，也给他发了一份。

stupid gull：等会儿想不想一起出来放烟花？

向悠放下手机，正准备征求父母的意见，就见母亲斜了她一眼："小孟找你？"

"你干什么偷看我手机呀。"向悠故作不满道。

"谁偷看了。"母亲揪了揪向悠的脸,"看你刚刚傻笑的样儿!"

向悠的脸颊有点发烫。

她和孟鸥聊天时是这样的吗?

好丢脸哦。

孟鸥一直开到了她家门口,车笛声刚响,一早整装待发的向悠抓起围巾便跑了出去。

父母望着她雀跃离开的背影,默默地对视了一眼,无奈地笑了。

一上车,孟鸥便拍拍她:"伸出手。"

"嗯?"向悠有点蒙,但还是乖乖伸出手来。

"真小……"孟鸥笑着评价了一句,"还是两只一起伸出来吧。"

向悠茫然地又伸出一只手。

孟鸥将她的手翻成手心朝上,靠在了一块儿:"别乱动。"

而后,孟鸥在有些鼓囊的大衣口袋里抓了满满一把,"哗啦啦"全部撒在她手里。

巧克力、水果糖、花生酥……杂七杂八的糖果堆了满手。

"出门前特地从果碟里抓的。"孟鸥道。

向悠低下头,认真望着手里这捧五颜六色的糖果。

明明还没吃到嘴,心头已经开始甜起来了。

她将糖果全部认真放进自己口袋,拆开一块巧克力含着,满心雀跃地望着窗外夜景。

除夕夜的街上行人很少,自从城区禁鞭令下达,看着比平日更为幽静。

孟鸥顺着大道一路往郊区疾驰而去，向悠低头戳着车载显示屏，没一会儿，一首《恭喜发财》响遍了整个车厢。

刘德华操着一口蹩脚的国语唱得喜庆，向悠跟唱得也欢，不断摇头晃脑着："我恭喜你发财，恭喜你精彩……"

"向悠悠。"孟鸥忍不住笑道，"你今晚是不是喝酒了？"

"没有呀，我才不喝酒呢。"正在这时，音响里传出一句"恭喜发财要喊得够豪迈"，她便很是捧场地跟着喊道，"恭！喜！发！财！"

"好，发财，发财。"孟鸥被她逗得乐到不行。

向悠确实滴酒未沾，但她此时感觉整个人飘忽忽的，心情也有种莫名的亢奋。

原来没喝酒也会醉的吗？

可她就是好开心好开心，开心得不得了。

或许是因为节日，也可能是因为别的什么，她看什么都好，看什么都快乐。

这首歌单曲循环到第三遍的时候，向悠嗨得有些热，将车窗降下了一截。冬夜的冷风"呼呼"地灌进来，帮她过热的头脑稍稍降了温。

她侧倚在座椅上，看着孟鸥，飘飘然道："过年真好。"

"嗯。"孟鸥扬起嘴角，"我也觉得。"

两人在郊区随意找了个空阔的广场，将车停了下来。

孟鸥打开后备厢，里面红灿灿一片，都是各式各样的烟花。

"我小侄子看到了，非要我带上他，我说不行，未成年不能放。"孟鸥道。

"哪有你这么坏的叔叔呀。"向悠脸上的笑容显然和这句批评很不符。

"那是，他叔叔一想到要跟某人出去放烟花，别的人都不在乎了。"

这位"某人"搓了搓滚烫的脸颊，将围巾一圈圈解了下来。

在放烟花这方面，孟鸥其实也是个生手。

他让向悠挑了一箱，而后将它搬到空地里，打开手机手电筒，开始认真研读上面的说明。

两人头抵着头看了半天，总算搞明白了。

拆开包装，拉出引线，孟鸥一手拿着打火机，做出起跑的姿势："我喊三二一，我们就跑。"

"嗯！"向悠紧张地点点头。

"三、二……一！"孟鸥按下打火机，抓起向悠的手拔腿就跑。

两人在空地上撒腿狂奔，恍惚间仿佛回到了那天中午，班主任扯着嗓子在背后喊他们，而孟鸥拉着她的手，仿佛要一直跑到未来。

背后突然响起焰火腾空的声音，伴着一声巨响。

两人都急忙回头看去，向悠脑袋转得晕乎乎的，一头躺倒在孟鸥怀里，看到了此生见过的最美烟花。

半边天际由此照亮，绚烂夺目。

虽然短暂，但总有下一簇会紧接其后。

孟鸥从背后环抱着向悠的腰，向悠仰头靠在他怀中，嗅着熟悉而安定的气息，看漫天烟花一丛比一丛更盛大。

过年真好。

孟鸥真好。

一切的一切，都很好。

5

初五那天,孟鸥准时来到向家接向悠回昌瑞。

明明向悠来时只带了个小行李箱,走的时候却多了不少大包小包,连父母都帮着拎出来,填满了半个后备厢。

"我也不想带这么多东西的。"向悠苦着一张脸看他,"我爸妈非让我都带上。"

"没事啊,这不是关心你嘛。"孟鸥帮着一趟趟接过东西,在后备厢里码整齐。

"也有给你的呢,小孟。"向母挤上前,开始逐个介绍,"这个袋子里的东西都装了两份,一份给你,什么香肠啊蛋饺啊藕饼啊,都是已经熟了的,热一下就可以吃。"

"巧了吗这不是。"孟鸥一愣,旋即笑着指了指后备厢另一侧,"我妈也让我带了不少熟食,说回头分你一半。"

"啊……"站在父母面前,向悠多少有点不好意思,"那个……回头替我谢谢阿姨。"

"好,那我就当面谢谢叔叔阿姨了。"孟鸥回头望向向悠父母,一颔首道,"谢谢叔叔阿姨想到我,我回去会好好品尝的。"

其实从前两人在一起时,孟母每次给他寄东西,都会顺带着给向悠捎上一份。

大多数时候是吃的,还有一年冬天孟母给孟鸥织了一条围巾,也给向悠织了一条同款不同色的。

那条围巾向悠到现在还留着,不管是分手,还是遇上第二任,都没有想过扔掉它。

虽然分手后就没再戴过,但向悠总觉得那是一个母亲的心意,无论她和孟鸥是什么关系,它都不该被随意糟践。

当然这种礼物,在他们分手后就没再有过了。

时过境迁，它突然再次被送到了她手上。

就好像一切从没改变过。

载着一后备厢的心意，两人一齐上了路。

向悠手里拿着一个锥形的小纸筒，津津有味地尝着里面的花生米——

那是孟鸥妈妈在他出门前刚炸好的。

"我妈今年改良了一下口味，要我问一问你的意见。"孟鸥道。

向悠嘴里嚼得脆响，用力点点头道："很好吃呀，之前的好吃，现在的也好吃，不一样的好吃！"

"你也太捧场了。"孟鸥笑着点点头，"回头我转述给她，她该高兴坏了。"

"我说的可都是真话。"向悠拿起一颗喂到他嘴边，"刚炸好的真的好香哦。"

孟鸥忙着开车，飞速低头叼走她指尖的花生。

只是花生统共那么大，叼走时就好像顺带着吻了下她的指尖，向悠收回手，对着空气猛眨了好几下眼。

"我那天回去，可被我爸妈骂惨了。"孟鸥苦笑道。

"啊？为什么？"向悠关心得背都坐直了几分。

"说我不懂礼节，哪有人送礼送单数的，而且就送一盒糕点太抠门，总之'噼里啪啦'骂了我半天。"想到那天，孟鸥脸上还一阵苦涩。

"这么讲究的吗……"向悠一缩肩膀，庆幸那天上门的不是她，不然她怕是也得出错。

"嗯，为了弥补，他们……糟了！"孟鸥拍了下方向盘。

"啊，又怎么啦？"孟鸥这一惊一乍的，向悠也吓一跳。

"他们让我带了盒白草莓,还有罐大红袍让我当作回礼。结果刚刚光想着能吃到阿姨送给我的好吃的,把这一茬给忘了。"孟鸥叹了口气,"现在折回去你觉得合适吗?"

人情世故真麻烦啊。

这是向悠的第一反应。

如果以后她和孟鸥组成了小家,是不是就要靠他们自己来处理这些事了,真是想想就头痛——

不对,她怎么突然想到这么远了。

这种跳跃性思维果然很致命。

不过想到草莓,还在吃着花生的向悠又馋了起来:"白草莓是什么呀?"

"就是……白色的草莓?我给它起了个名儿叫'贫血草莓',又被我妈骂了一顿。"孟鸥陷入沉思,"总觉得我这一趟回家,就是专程来挨骂的。"

"那可不可以,我们私吞了?"向悠使劲儿朝他挤眼,"我回头在我爸妈面前帮你说好多好多好话!"

孟鸥在余光里看着她这副古灵精怪的模样,扬起的嘴角就没放下过。

"那就是专程送你的。我爸妈问我叔叔阿姨喜欢什么,我说我不太清楚,又被数落了好半天,最后决定带点吃的总不会错。"

"好可怜哦。"向悠又往他嘴边递了颗花生,"送你颗花生安慰安慰你。"

这会儿汽车正等红灯,孟鸥垂眼叼过花生,顺带着轻咬了下她指尖。

向悠猛地缩回手:"你干什么!"

249

"迁怒你一下。"孟鸥说得理直气壮。

"哪有你这样的——"

向悠伸手要拍他,却被他生生在半空中拦住,低头又轻咬了一口她的手,才给丢了回去:"别乱动了啊,马上开车了,很危险。"

安全第一的向悠吓得没再敢乱动,结果一抬头——

红灯还有三十秒呢!

这个无赖鬼!撒谎精!

向悠望向手里还剩一小捧的花生——

他一颗也别想吃到了!

回程的路没有去时那么拥挤,但也常常走走停停,等开到向悠家楼下时,天已经黑了。

两人上下跑了两趟,才把东西全部运回家。

孟鸥在门口抛了下车钥匙:"那我先回去了?"

"那个,等等。"向悠叫住他,"我不是还欠你几百顿饭嘛,在家吃算不算一顿?"

孟鸥听着笑出了声,很自觉地迈进玄关:"算,当然算。"

向悠在鞋柜里翻了一下,找出一双旧的毛绒拖鞋给他:"换这个吧。"

放在地上时,她才留意到鞋面上那对小猫脑袋在柜子里被压了太久,毛已经不蓬松了。

"你还留着?"孟鸥道。

"还能穿……就留着了。"

分手时,她确实扔了很多情侣物件。不过作为一个实用主义者,她还是留了不少东西。

虽然好多都没再用,但也舍不得扔,没想到放来放去,最后居然在这里派上了用场。

"我也留着,不过上面的'狗头'已经掉光了。"

孟鸥低头穿上鞋,对他来说显然小了不少,脚后跟露出一截,看着很可怜的样子。

"什么'狗头',好难听……"向悠小声嘟囔着,"怎么在你手里的东西就那么惨。"

"那是因为我天天穿啊。"孟鸥抬起脚晃悠两下,"你要是天天穿,你也……"

空气一瞬间变得凝固起来。

两人低着头,眼睁睁看着一只小猫脑袋从鞋面上滚下,无声息地躺在地板上。

孟鸥的脚还悬在半空,好一会儿后,才小心翼翼地放下。

"就知道不能给你!"向悠蹲下身,捡起可怜的小猫脑袋,抬头颇为怨念地看向他。

"完了……"孟鸥长叹一口气,"要不你把我脑袋拧下安上,给它赔罪行不行。"

"也不是不行。"向悠举着它比画了一下,"再把它安你脖子上,它可比你可爱多了。"

"来啊,来。"孟鸥把脖子昂得高高的,喉结顶得那片皮肤几近透明,泛出一圈暧昧的红晕。

向悠抓着他的衣角起身,很好奇地屈指蹭了蹭他的喉结。

比别处都要脆弱不少的皮肤下,摸着有几分崎岖,按上去还有点硬——

"唔!"孟鸥痛苦地皱起眉,一把抓住了她的手腕,"把我按死前,你要不要考虑和我领个证?"

"什、什么!"突然唱的这是哪一出,向悠吓得匆匆忙忙就要松手,偏偏被他锁着退不开。

"这样我死了你还能有遗产拿不是,不然你就白杀人了。"他是怎么把这种话说得那么轻松随意的。

"这么危险的吗,我不是故意的……"向悠一缩脑袋。

"我是故意的。"

"故意什么?"这个人说话怎么总是打哑谜。

但孟鸥没再回答了,他趿拉着那双只剩一个"小猫脑袋"的拖鞋往厨房走:"晚上想吃什么?"

向悠手里抓着"小猫脑袋"匆匆跟上:"孟大厨要亲自下厨吗?"

"向大厨想操刀也可以。"孟鸥盯着厨房望了一转,"围裙在哪儿?"

"没有,可能因为向大厨几乎不下厨吧……"向悠弱弱道。

"那谁给你评的'大厨'名号?"孟鸥很顺手地捏了下她的脸,"你是不是贿赂人家了?"

向悠眨眨眼:"不是你给我评的吗?"

"好吧,你没贿赂,你只是把评审整个儿洗脑了而已。"

"我哪有——"这位选手表示很不服。

"那评审脑子里怎么都是你?"

向悠一怔,笑得不停打他:"好土啊,孟鸥!"

两人在厨房嘻嘻哈哈打闹了半天,才正式开始做饭。

准确来说,是孟鸥主厨,向悠在一旁围观,顺带提供陪聊服务。

和之前同居时,所谓的"英勇就义"式的做菜姿势相比,现在的孟鸥显得娴熟了许多。

翻炒、颠勺,以及撒调料时、那种向悠严重怀疑他在装腔的抖腕，看上去都有模有样的。

虽然囿于食材有限，大多数只是把老家带来的半成品加热了一下而已。

两人围坐在桌边，一人捧一碗饭，对着一桌丰盛的饭菜没急着下筷子，而是彼此对望了一眼。

"说好的你请客，怎么做饭的是我？"孟鸥道。

这回向悠没接上他的调侃，只是"嘿嘿"笑了两声。

她突然觉得，眼前的画面很美好。

在这个冬天的室内，暖黄的灯光下，和她喜欢的人，一起品尝他刚刚做好的饭菜。

其实是再普通不过的场景，但有的时候，越是平常的温馨越是难能可贵。

"孟鸥。"她喊他名字。

可能是她的语气有点严肃，孟鸥也一改刚刚的轻浮，认真应道："嗯。"

"我妈妈说，一个家总要有一个会做饭的。我不会做饭，所以她要求我找一个会做饭的。"

她垂着眼娓娓道来，最后一个字说毕，抬眼看向了他。

在暖黄的光晕下，孟鸥对她笑得很温柔："我妈和我说，要我好好学做饭，就是为了以后她的儿媳妇哪怕不会做饭，也可以天天吃到好吃的。"

6

早春料峭的时节，向悠迎来了省考笔试。

考场设立在郊区的一所学校，孟鸥主动问要不要送她过去，向悠想想答应了。

一大早，孟鸥便赶到了她家。那时候她刚刚洗漱完毕，束发带还顶在脑袋上就开了门。

"早饭吃了吗？"孟鸥轻车熟路地自己找拖鞋换上，顺口问道。

自打孟鸥"摧残"了她的小猫拖鞋后，向悠便又买了一双男式拖鞋，和她一直在穿的这双是同款不同色的。

她什么也没说，只是在某天孟鸥又来到她家时拿了出来。

孟鸥穿上后主动走到她面前，一把将她拽停，然后和她脚尖抵着脚尖，低头专注地观察了很久。

"在看什么呢？"向悠轻轻踢了踢他。

"真是一样的啊。"孟鸥嘴角带笑。

"哪里一样。"向悠意识到他在说什么，转头走开，"颜色都不一样。"

回头一看，孟鸥正站在原地傻笑。

蠢兮兮的，跟地主家的傻儿子似的。

"笑什么呀？"向悠无奈地问。

结果就见到他三两步跑上前，不由分说地低头亲了她一口，响亮的一声。

向悠故意嫌弃地要推他，可怜推一半，自个儿倒是趴在他怀里笑出了声。

听说她没吃早饭，孟鸥径直进了厨房。

不到一个月的时间，她的厨房已经变了个样。

比如多了一条黑色的围裙，多了不少菜和调料，连锅都多了一口。

当然，它们全部归孟鸥所用。

"我是不是得跟你收个厨房租赁费？"某天孟鸥做饭时，

向悠靠在门口思考着。

孟鸥停住握铲子的手,扭头睨了她一眼:"向悠悠,我还没跟你要工资呢,你这个人没良心啊,简直是天生的资本家。"

突然被扣上这么顶帽子,向悠心满意足地笑个不停。

她见过那个意气风发的少年,也见过那个成熟威严的男人,现在又见到了他洗手做羹汤的模样。

本以为厨房和他很不搭调,没想到他在哪里都可以游刃有余,尘俗的油烟也掩不住他的出挑。

"孟鸥,你好帅呀。"向悠特别发自内心地夸他。

向悠能夸他一句,可谓是铁树开花,孟鸥很是怀疑地看向她:"讨好我?"

"嗯!"向悠用力点点头,"讨好你。"

"好吧。"孟鸥回头看向锅里的菜,嘴角的笑意掩饰不住,"你成功了,晚上再给你加一道菜。"

孟鸥果然是个纸老虎,发起进攻时气势高昂,但一旦被反攻,就慌乱到节节败退。

而向悠看着他含笑的侧脸,觉得好幸福好幸福。

等向悠换好衣服从卧室出来时,早饭已经做好了。

一碗阳春面,上面卧了两个蛋,孟鸥指着它认真道:"吃了它,肯定能考 100 分。"

想来上次听到这种话,好像还是小学的期末。

向悠走上前:"我要是能考 100 分,那我就全国闻名了。"

"到时候向大领导可别把我忘了。"孟鸥逗她。

白色的阳春面上点缀着绿色的葱花,和白中透黄的水波蛋,看起来美味异常。

时间充裕，向悠认认真真吃了个底朝天，习惯性地要去洗碗时，被孟鸥拦了下来。

"让我来，让我来。"孟鸥赶忙拿过碗，"咱们家大领导今天只要考试就好，别的什么活都不用干。"

还有这么好的待遇，向悠笑道："那我可不可以天天考试？"

"之前怎么没发现你小心思这么多呢？"孟鸥揪了下她的脸颊，回身拧开水龙头，"也不是不行吧。"

孟鸥在水池前洗碗，向悠就在背后环抱着他。

她很喜欢靠在孟鸥宽阔的背上，什么也不用想，什么也不用做，就这么靠上一整天都可以。

碗洗完后，孟鸥反手拍了拍背上的"小树袋熊"："出发吗？"

向悠双臂环得更紧了些，埋头在他背上蹭了蹭："孟鸥……"

"嗯，怎么了？"

向悠轻轻吸了吸鼻子："……我有点紧张。"

"二战"和"一战"的心态到底还是不同的，经历过失败也对此更为畏惧。

如果努力了两年，最后还是竹篮打水一场空，她会不知道该如何面对。

孟鸥低头拉开腰上的一双手，转身面向她，伸手将她揽到怀里，柔声道："考上了当然皆大欢喜，考不上的话，你也有工作不是吗。无论成功还是失败，它只是阶段性的一个结果，又不能定义一生。

"不管你报的哪里，考上了我都愿意陪你去。要是这次没成功还想再考的话，我也支持你。或者你不想考公了，想在你现在的岗位深耕，甚至想去别的地方发展，都可以。

"总之不管你做出什么选择，走哪条路，我永远支持你。"

向悠揪紧孟鸥的衣裳，鼻腔有种幸福的酸涩，闷闷地应了一声。

她想她不怕了。

她有来路，有去处，也有归途。她的人生有无数种可能无数种选择，而她的父母和爱人永远是她强大的靠山，让她不再畏惧每一次闯荡，可以大胆地勇往直前。

下午，向悠考完申论，一身轻松地走出了考场。

她已经用尽全力做到最好了，结果就听天由命吧。

上岸了当然是好，没成功的话，她觉得现在的工作也不错。

当然，还有——

远远就看到人群中那个高个儿，向悠奋力狂奔而去，包里的东西"哐啷"作响，她像一枚导弹，精准地撞进了孟鸥的怀里。

"这么开心啊。"孟鸥"哎哟"一声抱住了她，揉了揉她的头发。

"开心，特别开心！"

明明刚刚考完，但那块在心上压了一年的大石头，已经彻底放下来了。

坐在车上，向悠怀里抱着一大捧灿烂的向日葵，只是也灿烂不过她脸上的笑容："等会儿我们去看电影吧？我请你！"

"行啊。"孟鸥爽快应道，"向老板今天好阔气。"

"嘿嘿。前两天我刷手机的时候，看到你喜欢的导演又上了新电影。"

"怎么不看你喜欢的？"孟鸥问。

"只要你喜欢，我也喜欢。"

或者说，喜欢的不是电影本身，而是和孟鸥一起看电影这件事。

257

只是很不幸地,在银幕上枪战正激烈时,向悠又开始昏昏欲睡。

她的头一点一点,身侧忽然揽来一只手,稍一用力,将她按上了一个可靠的肩头。

她想起了之前看过的那场电影。

虽然那场电影的结果不太愉快,但往后回想起来,其实还是开心的。

在黑暗里,那个小姑娘的心"怦怦"直跳——

他看着喜欢的电影,都能注意到我,他是不是好爱我?

时隔这么多年,她想,或许这不是一个疑问句。

嗅着那熟悉的香气,向悠在一片街头混战中,陷入了沉沉的睡眠。

只要有他在身边,往后的每一晚,她都能睡得如此安定祥和。

电影散场,灯光亮起。

孟鸥轻轻将她拍醒,向悠从混沌中睁开眼,认真打量着他。

电影迎来了结局,而他们的人生,即将展开新的篇章。

不会结束。

番外三 / 笨蛋海鸥

为她乘风,同她破浪

一个适合聊天的下午

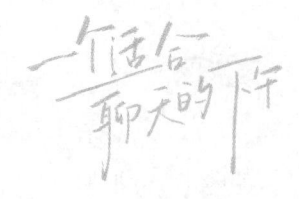

趁着国庆长假，两人一块儿去了趟 A 市。

去日苦多，再次站在这片熟悉的土地上，向悠竟有些恍惚。

四年的大学生活弹指一挥，记忆却如镌刻般难以忘却。过去那些微不足道的日常和小事，如今都成了宝贵的回忆。

当初是因为孟鸥，她决心再也不要来到这里。而此时，孟鸥就站在她身边，联系着他在 A 市的朋友，过来把他们从机场捎到酒店。

他被两个行李箱围在中间，手里扶着一个，另一侧靠着一个，偏着个脑袋和人打电话，对上她的目光，很是臭屁地冲着她一扬眉。

向悠习惯性地想瞪他，但眼神飞一半，倒忍不住笑了。

那一眼让她产生了一种错觉，他们都还是大学生，结束假期后回来这里上学，没有中间那么多的波折，也不必在职场上拼杀，考了门不及格便是天塌的大事儿了。

电话不知何时打完，向悠的头发稀里糊涂被人揉了一转，孟鸥低头望着她直乐："爱我爱到一刻也挪不开眼了？"

向悠猛地回过神来，很是嫌弃地拍开他的手。

哪有这么自恋的大学生！

不对……有的。

自恋的高中生，自恋的大学生，还有自恋的上班族，都是他。

他的性格从头至尾都没变过，时间磨砺了他再多，也搓不灭他骨子里的性子。

"是啦，好爱你。"向悠低头牵过他的手，朝着出口的方向走去，小声道了一句。

就让记忆里的那个少年一直存活下去吧，到时候身边有个自恋的老大爷，其实也挺好的。

她这突然转性，倒是让孟鸥吓了一跳。

他乖乖被她牵着走，嘴里没闲着："吃错药了？"

"烦死了！"向悠抓着他的手，往他腿上打了一下，"你有没有点浪漫细胞？"

孟鸥这人就不配听任何好话，没人比他更会扫兴。

被骂了他也不恼，傻乐道："那你平时多说说爱我，我不就习惯了？"

向悠停住脚步看他。十月的阳光正烈，给他整个人笼了圈金光，发梢看起来毛茸茸的，弯弯的一双眼上，被照成半透明的睫毛甚是可爱。

她想说些什么，但心已经成了烈日下的一块冰，融化得一塌糊涂。

"以后再说。"向悠别开眼，声音轻轻的，继续牵着他的手往前走。

孟鸥没再多说什么，只是抽回了自己的手，在她发难前，又迅速伸过去，由相握变作了十指紧扣。

误会在出口前被及时收住，向悠不自然地动动手指，四个指头半是泄愤地挨个在他关节上用力按了一下。

手心很快有了动作，不过最终换来的，却是手背被拇指轻柔地扫了一下。

"嘬嘬——"

那融化一地的水，又随之蒸发升天，飘飘然。

连续走了快十分钟，隐约能看见马路上来往车流，向悠忍不住好奇道："你朋友什么时候到呀？"

"快了。"孟鸥看了眼时间，"你确定等会儿就这么上车？"

"怎么了？"向悠以为是他刚刚把自己头发揉乱了，匆忙理了理，"现在好了吗？"

孟鸥若有所思地看了她一会儿："也行吧，回头我的衣服借你穿。"

衣服？

向悠被他说得一头雾水，低头道："我衣服不是在……哎？"

两人一人一个行李箱，还带了个随身背包。背包好生背在向悠背上，而孟鸥左手拿着他的黑色行李箱，右手拿着——

向悠茫然地晃了晃自己被握着的手。

孟鸥看着她慢半拍的样子笑个不停："不容易啊，还以为到酒店了才能发现呢。"

她的行李箱没了，他这会儿居然还乐得出来。

"你不也忘了吗！"向悠气得拍了他一下。

"我没忘啊。"孟鸥说着，又把她的手捞回来，"但有幸被你握着了，哪还舍得去握别的什么啊。"

向悠没工夫和他乱扯，转身就往来路跑。

偏偏手里那只手怎么也甩不掉，孟鸥跟着飞跑，行李箱滚轮在地面上快擦出火星来,"隆隆"响了一路。

见那白色行李箱还好端端待在原位,向悠总算松了一口气。

她扭头一看,罪魁祸首看起来倒是轻松自在得很。

"被偷了你就完蛋了。"向悠说着,伸手去拉行李箱,却没拉动。

她疑惑地低头一看,才发现拉杆和旁边的栏杆间绑了道链条锁。

"来,偷一个给我看看。"孟鸥斜靠在墙上,一副看好戏的表情。

向悠气鼓鼓地轻踢了下他:"所以你一早计划好了?"

孟鸥不说话,只是乐。

就没见过这么幼稚的人,工作好几年了,还沉迷这些无聊的恶作剧。

所有人都被社会打磨得无趣乏味,唯有他,有趣得过了头。

见她板着张脸,孟鸥还是懂得适度的道理,乖乖地交出了钥匙。

向悠解开自己行李箱上的锁,突然趁他不注意,把他的行李箱锁了过去。

而后,她得意扬扬地昂头看他,面带挑衅。

"挺聪明啊。"孟鸥一点也不恼,一手拿过她的行李箱,一手牵起她,"那走吧,他应该快到了。"

"你不要了?"孟鸥不紧张,她倒是忍不住回头看了一眼。

"不要了。"孟鸥答得利索。

眼看他头也不回,向悠开始担心起来,脚步越走越慢。

"你真不怕丢了?锁住也不一定安全,回头万一有人把拉链划开……"

孟鸥低头看她碎碎念的模样。

她小脸皱成一团,眉头紧锁,眼里写满担忧,自己做的事,倒是自己先不安起来。

就没见过这么不适合恶作剧的人。

"怕什么。"孟鸥用力握了下她的手,"只要你没丢,丢什么我都无所谓。"

向悠不说话了,轻轻吸了两下鼻子。

不过最终,行李箱还是第一时间被拿回来了。

这个恶作剧可谓很失败,向悠一个人忙前忙后,倒是把被恶作剧的那个人逗到不行。

"咱们在一起这么久了,你怎么一点也没学到?"孟鸥不解道。

"想变成像你那么讨厌的人,那也是很不容易的。"向悠不想搭理他。

孟鸥刮她鼻尖:"刚刚还说爱我,挺善变啊向悠悠。"

刚刚刮下,向悠一抬下巴,"眼疾口快"地咬了他一口。

孟鸥吃痛地闷哼一声,看她终于笑得一脸灿烂。在他指头上留了个坑的小虎牙,这会儿在阳光下甚是闪亮。

"哟,看来还是学到了不少。"孟鸥笑着看她。

向悠不说话,装傻望向另一边,倒是嘴角依然扬着。

两人没等多久,那位朋友便来了。高高瘦瘦的一位小伙,架着副眼镜,见面就和孟鸥抱了个满怀。

"这是唐丞,我从前的同事。"孟鸥先朝向悠介绍道。

没等孟鸥向他介绍,唐丞就特主动地一伸手:"嫂子好!"

这称呼听得向悠一怔,半响才握了握他的手:"你好,我是向悠。"

"向悠？"唐丞先是看看她，又意味深长地瞥了眼孟鸥，"了不得啊，以后不用借酒消愁了。"

向悠在旁边好奇地望着，就见孟鸥抬手轻擂了他一拳："开车吧你。"

不对劲。

两人之间肯定有事儿瞒着，十有八九还是关于她的。

向悠一双眼睁得滴溜圆，正对上唐丞冲她使了个眼色："放心吧嫂子，上车我和你慢慢讲。"

"你是谁的兄弟啊。"孟鸥气得上前，还是慢了一步，唐丞当着他的面甩上了车门。

他一回头，平日里总是慢半拍的向悠也不见了，在后座坐得笔直。

平时也没见她这么八卦。

"嫂子，虽然我第一次见你，但你这名儿我真是听出茧子了。从前我和他不是合租过一年多嘛，有时候弄点小酒一喝，他就搁那儿念叨你……"

向悠正听得专心，一回头，孟鸥也坐上了车，脸色很不好看。

"真的呀？"向悠笑眯眯地向他求证。

"唐丞，以后咱俩大路朝天，各走一边。"孟鸥别开脸，不想搭理她。他语气气鼓鼓的，竟然还能品出一丝委屈。

"走呗，那你下车，我跟我嫂子再唠一会儿。"

话是这么说，唐丞还是一脚油门上了路，嘴里也没闲着："我就没见过情伤要治那么久的，平时多正常一小伙子，酒一下肚就搁那向悠长向悠短，搞得后来我都不敢喊他喝酒了……"

向悠笑吟吟地去瞥孟鸥，看他有气无力地瘫坐在一旁，一副放弃挣扎的模样。

她伸手去牵他的手,刚牵上,就被一把甩开。

倒是恼羞成怒起来了。

向悠重新去牵他,他一缩手,又让她捞了个空。

这下向悠不搭理他了,轻轻"哼"了一声,收回了手。

结果下一秒,孟鸥便眼疾手快地牵起她的手。

向悠想躲,甩了一下没甩开,余光里的男人还是一脸愠色,握着她的手却是极紧。

"刚刚不是不要牵吗?"向悠小声嘘他。

孟鸥别开脸假装看窗外,手倒是一刻不松,甚至更紧了些。

唐丞专注开车,没留意到后座的小动作,嘴里还在回忆当年的青葱岁月:"不喝酒,也不耽误他想你,最后连户口都不要了,追你追到昌瑞去了……"

"啊?"向悠愣了一下。

当初孟鸥给她的理由,是他自己在A市混不下去了,刚好昌瑞符合他的要求,他便来到了这里。

可她从不知道孟鸥放弃了A市户口,更不知道是为了她。

只觉被握着的那只手僵了一下,孟鸥忙回身看了她一眼,半是命令道:"唐丞,别说了。"

刚刚说的话再重,都还是玩笑的语气。这会儿唐丞意识到不对,忙点头道:"乱说的,乱说的,嫂子别当真啊。"

后半程车上显得格外安静,孟鸥偶尔和唐丞聊上两句,说说从前的同事,说说A市的发展,但都是浅尝辄止。

向悠没再言语,一只手乖乖被孟鸥握着,目光始终淡淡地看向窗外。

高楼大厦,车水马龙,一派富贵繁华。

这里有着远胜于昌瑞的条件,而孟鸥原本可以留在这里。

原本约好的午餐被取消,直到进了酒店,向悠的兴致都不太高,闷闷地坐在单人沙发上。

孟鸥忙前忙后地整理行李,等到东西摆好,热水烧上,他顺手从冰箱里翻出一支雪糕,递给向悠。

向悠接过,但没拆。

孟鸥干脆蹲在她面前,重新拿过雪糕,拆好又递过去:"别化了啊。"

"我不想吃……"向悠小声道。

"吃。"孟鸥卡着她的手腕举高,强行将雪糕伸到她嘴边,"然后听我说会儿话。"

向悠垂眼看向他,孟鸥的表情认真到严肃,深邃眼眶下的双眼,让她瞥一眼就会心软到一塌糊涂。

就像手里这枚随时会融化的雪糕一般。她犹豫着轻咬了下外面的巧克力脆皮,余光里看见他笑了一下,起身揉了揉她的发,坐到了她对面。

"唐丞说的都是实话,但也不完全对。"床比沙发高了一截,这回换他垂眼看她,"我跟你撒了谎是我的错,因为我不想给你带来太多负担。"

"可我不想你为了我……"她一开口,才惊觉出来的都是哭腔。

"怎么还哭上了。"孟鸥上前捧住她的脸,拇指轻轻一抹,帮她揩去眼泪,"食不言寝不语没听过吗?先听我说,吃完了你再说。"

向悠又难过,又气,恨不得把手里的雪糕扔到他脸上。

哪有这个时候还要无赖的。

可她想想，最终还是低头咬了一口雪糕。

让他说吧，给他足够的信任和机会。

"分手后的那段日子，我确实一直没法忘记你。我所有的事情都是和你一起经历的，你满足了我对爱情的所有幻想，你也是我对爱情的所有定义。

"但我没法逼着你和我一样，对吧。"说到这里，孟鸥顿了顿，笑得有几分苦涩。

向悠不敢看他，低头咬着雪糕，甜津津的口味却被她品出了一丝酸涩。

"我对我的人生，其实没有太明确的规划。我有目标，但那目标更多是来自身边人的意见，他们觉得这样好，我一盘算感觉挺对的，就冲着目标去了。

"但是后来，我有个关系很好的朋友去世了。到现在我都难以接受这件事，他对我影响挺多的，是他让我坚定了留在A市的决心，也是他让我开始思考，我穷其一生是为了什么。

"如果非说我是为了谁离开这里，或许我是为了我自己。所以我现在向你坦白，坦白我的自私，坦白我的懦弱，坦白我的无能。

"向悠，谢谢你给我再一次选择的机会。"

向悠吃不下去了，她匆匆将雪糕丢到一旁，上前一把抱住了他。

这个飞扑来得太突然，孟鸥被她压得躺倒在床，下巴和领口乱七八糟糊着她的眼泪和雪糕渍，又咸又甜。

"说话吧。"孟鸥环抱着她，轻拍了两下她的腰，语气温柔。

向悠有一肚子的话，可又觉得说什么都失去了意义。她低下头，用力在他心口蹭了蹭。

孟鸥屏住呼吸，静了两秒，末了轻声道："听到了，用心听到了。"

走进剧院，向悠昂头四处张望着，感慨这几年的磨洋工没白费，剧院建得宽敞明亮，颇有气派。

当年错过的那个剧团，时隔数年再度来到中国巡演"大悲"，就定在了这个拖延许久才完工的剧院。

而这也是他们千里迢迢赶来A市的原因。

虽然昌瑞也有一场巡演，但向悠总觉得是不一样的。

她其实什么也没说，但开票没多久，孟鸥忽然一脸得意地找她。

"还记得那天我说，等工地竣工了，我要满足你一个愿望吗？"孟鸥向她晃晃手机，上面展示着刚订好的票。

此时站在这里，恍惚间她想起了当年错过的那场"大悲"，也是一早就订好票，可最终还是没去成。

他们好像错过了很多东西，但时过境迁，失去的东西却又重新握在手里。

灯光暗下，大幕拉开。

听着熟悉的一曲曲，恍惚间向悠发现，自己已经不是十几岁那个会为此激动到彻夜难眠的小姑娘了。

她只是觉得很满足，在这个青春的尾巴尖，命运终于将她曾经打乱的人生拼凑成理想的形状，一切都刚刚好。

音乐剧的最后，众人齐聚舞台，唱起了那首脍炙人口的曲子。

伴着"明日曙光将会亮起"，大幕缓缓拉上，台下灯光渐亮。

向悠扭头望去，在灯光下，他的双眼显得分外明亮。

"孟鸥。"她喊他。

"嗯？"

"我爱你。"

她的性子太内敛，似乎是很少对他说爱。

哪怕心中满溢着，表达出来的也不过万分之一。

或许她应该听他的，平时多对他说几句爱。

"'大悲'这么有效吗？"孟鸥说着，手忙脚乱地翻出手机，"我记得明天还有一场，我们改签吧，我看看有没有人出票……"

"笨蛋。"向悠忍不住小声吐槽了一句，哪里是"大悲"的功劳。

不过，时过境迁，她果然还是好喜欢这只"笨蛋海鸥"。

为她乘风，同她破浪，在这片人生汪洋上，她再也不会孤单了。

番外四 / 承诺一生
请保佑他爱的姑娘永远幸福快乐

一个适合聊天的下午

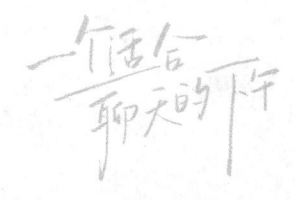

向悠的侄女下个月要过八岁生日,听闻此事,孟鸥自告奋勇陪她一起上街,给他那素未谋面的未来侄女买个礼物。

两人特地来到了一所小学附近的集市,说是给侄女买,结果却是两个工作了好几年的大人走不动道,看什么都新鲜。

花自己赚的钱就是有底气,童年得求上父母好几天的东西,这会儿倒是想要就直接买了,直看得附近的小朋友馋到不行,还惹哭了一个。

"你说你幼不幼稚!"向悠拿着魔法棒朝孟鸥敲了一下,"对着个小孩较真什么,都给人气哭了。"

孟鸥这个"可恶"的大人看起来恬不知耻,专心摆弄着手上的机器人,最后给它摆出了一个胜利的姿势,举到脸边道:"是他先'攻击'我的,不带这么拉偏架的啊。"

所谓的"攻击",是个看起来还在上幼儿园的小孩,举着把玩具塑料剑对着孟鸥戳了几下。

向悠看到这些熊孩子就头疼,抓着孟鸥想走,却见孟鸥当即买了一把玩具枪,对着小孩隔空好一阵突突,把人气得倒地打滚，非要他爸爸把他的冷兵器升级成热兵器。

小孩爸爸也是一个不讲理的主儿，见孩子哭了，不管三七二十一就认定是孟鸥的错。

向悠一心想着息事宁人，孟鸥知道她的性子，便也没多加争执，带着她走远了。

为了补偿孟鸥受到的委屈，向悠给他买下了那个半人高的大机器人。孟鸥一路摆弄着，没少收到小孩子们羡慕的目光。

两人就这么走出了商店，刚迈出门槛，向悠忽然觉得不对："婷婷的礼物呢？"

逛了一下午，两个大人给自己买了一箩筐，真正要礼物的那个还没个影儿呢。

没辙，两人又折回了商店。

自己喜欢的东西好挑，现在的小孩喜欢什么，还真是不太了解。两人走着走着，又跑到了自己童年吃过的零食区。

辣条、糖果、虾条……小时候吃得津津有味的东西，现在看起来似乎不卫生又重口。

但回忆倒还是有趣的，随意拿起一样，两人便能絮叨上好一会儿过去。

"小学因为上课偷偷吃它，我被老师罚抄了一百遍这个东西的名字。"向悠拿起一板软糖，苦涩地瘪了瘪嘴，"感觉我这辈子都不会忘记它的名字了。"

"吃一堑你就不能长一智，增进一下你的偷吃技艺？"孟鸥看起来颇为恨铁不成钢，"不然也不至于高中还为此罚检讨啊。"

向悠盯着他看了一会儿，粲然一笑："反正是你给我写，怕什么。"

"啧。"孟鸥半是"泄愤"地用力揉了下她的头发,"挺有心眼啊向悠悠。"

向悠矮身躲过他的手,转头又跑到了别处,她望着琳琅满目的货架,拿起了一枚戒指糖。

起初只是随手一拿,但望着它在手里的模样,她莫名有种熟悉感。

孟鸥又跟到了她身边,见她对着枚戒指糖发呆,开口道:"想要?"

向悠摇摇头,这个看起来就很不好吃的样子。她尝试着将那大大的戒圈往手里套,但最终只塞下了四根手指。

她晃了晃手腕,在模糊的记忆里,她的腕上似乎曾经套过这个。

不过那应该不是一段美好的回忆,不然她也不会号啕大哭,还转头去向老师告状。

那段记忆实在太久远,画面都变得支离破碎。向悠摇摇头不再去想,取下戒指糖放回原位。

放好后,她莫名觉得有些不对劲——

身边这个逮到什么都得贫上两句的人,突然变得好安静。

向悠扭头看去,正对上孟鸥的目光,里面是难得的沉静和柔情,他甚至还温柔地轻笑了一下。

"你怎么啦?"向悠好奇道。

"阳光幼儿园,向日葵班。"他开口道。

像是触发了什么机关,记忆的宝盒就此揭开,泛黄的回忆井喷般充斥着她的大脑。

她想起了那个下午,那个转瞬出现又离开的小男孩。

小男孩留着个寸头,一双眼里透着机灵劲儿,每天热衷于和向悠玩猫捉老鼠的游戏。

他常常故意藏起向悠的牛奶，或者扯散她漂漂亮亮的辫子，在她回神后拔腿就跑，让向悠在后面跌跌撞撞地追。

有时候前面障碍物太多，能让向悠逮到他，有时候逮不到，她就气得蹲在原地哭。

小男孩一见她哭了，又屁颠屁颠跑回来和她道歉。

向悠抬手去揪他的头发，可怜一手抓了个空，板寸短得她半根毛没揪着。

向悠小时候的性子比长大后还硬气些，揪不着头发，她就扯小男孩的领子。小男孩撅着屁股往后面躲，她两只小手说什么都不放，两边各一使劲儿，套头衫整个儿被她揪下了。

这下两个人都哭了。

小男孩觉得光身子不好意思而哭，而她扒了人家的衣服，也尴尬得直掉眼泪。

托小男孩的福，她的幼儿园生活过得可谓是鸡飞狗跳。

她打心眼里觉得这小男孩真讨厌，但哪天对方请假不来上学，她又会一个人在板凳上蔫蔫地坐一整天。

年纪尚幼的她，头一次体会到了孤单的滋味，哪怕那时候她还不认识这个词。

直到某天，小男孩突然神秘兮兮地把她喊到角落里。

阳光斜打在那个角落，小男孩从鼓囊囊的口袋里摸出了一枚戒指糖，小心翼翼地递给她。

见着好吃的，向悠习惯性去接。手一伸出去，对方便把戒指糖套在了她的手腕上。

他说向悠答应了他的求婚，还说等长大了，他会给她买一枚真戒指。

275

后面小男孩还说了什么，向悠没听了。她哭哭啼啼地跑去找老师，随着她晃悠悠的脚步，戒指糖还挂在手腕上荡个不停。

她向老师狠狠告了一状，说长大后才不要和他结婚。

老师温柔地帮她取下戒指糖，转头去找小男孩谈话。

那是向悠对小男孩的最后印象。

从办公室出来的他眼睛红红的，他按照老师的要求，走到她面前鞠了一躬，带着哭腔对她说"对不起"。

后来没几天就放暑假了，假期过后，小男孩再也没来过幼儿园。

毕业的大合照上也没有小男孩，时过境迁，她连他的名字都忘了。

她只记得那天下午，阳光洒在角落里，将他那原本深邃的双眼照得明亮又清澈，但没过多久，又变得通红一片，闪着泪花儿。

"你后来去哪里了？"向悠忍不住问道。

"后来我搬家了，不在这个校区了。"

一个城市有时候也很大，换了校区后便当真再没交集。可命运好像就是想让他们分分合合，以至于最终考到了同一所高中，高二分进了同一个班。

"所以……你一直知道是我？"向悠道。

"我不知道。其实我不太记得你的名字了，但是高中见到你的第一眼，我直觉可能是你。"

"为什么？"

孟鸥顿了顿，俯身凑近她耳畔。

她做好准备，打算听到什么浪漫的情话。

但她忘了，对方可是孟鸥。

"因为你从小呆到大。"

气死了！

向悠气得拿魔法棒对着他敲了好几下，对方被打得一阵乐呵："你打人的样子和小时候也很像。"

"那看来你是从小欠扁到大！"向悠说着，又用力地去敲他。

这下没敲着，孟鸥凭空截住了她的手腕。

拇指和食指一合，她的手腕被圈在其中。其实孟鸥没怎么用力，但她像被施了什么定身咒那般，望着自己被圈起的手腕，莫名不会动了。

她抬头望去，阳光自窗台打下，把这个角落映得一片亮堂。

"你为什么不早点告诉我？"向悠道。

孟鸥别开眼，干笑了两声，音量也低了一截："那不是……尴尬吗？"

"'求婚'还被告状，多丢人。"

离开商店前，两人又看到了那个小男孩。他拿着一套玩具卡牌，警惕地看了一圈四周后，手忙脚乱地往口袋里塞。

孟鸥还没开口，就见向悠三两步上前，装模作样地挥舞着魔法棒："月光啊，请听我号令，我要代表月亮——把你变成猪！"

话音落下，向悠用魔法棒轻点了一下小男孩的头。

小男孩被吓得不轻，刚塞了一半的卡牌零零散散落了一地，伴着他洪亮的号哭声。

眼看不远处小男孩的爸爸就要闻声而来，向悠忙牵过孟鸥的手，朝门外狂奔而去。

孟鸥一边跑，一边用余光看向她。

277

未几步,他看见向悠朝他狡黠地眨了眨眼。

此时没有月光,那就借着日光吧。

请保佑他爱的姑娘,永远这么幸福快乐。

侄女的生日正值立夏,立夏过后,天开始应时地一日比一日炎热。

直到夏至,向悠更是热得不想动弹。可刘鹏倒是会挑日子,非要选在这个时候在老家办同学聚会。

自打孟鸥来了昌瑞,刘鹏的"业务"开始不断扩大,不仅在昌瑞组织聚会,偶尔也会在老家办上几场。

向悠兴趣缺缺,但耐不住孟鸥坚持要去,她只得舍命陪君子,大夏天赶回了老家。

聚会定在中午,一行人吃完饭后,便各自离开了。

向悠瘫坐在副驾驶,低头专心致志地挖着一盒雪糕。坐在孟鸥驾驶的车上,她总是感觉很安心。

一盒雪糕挖完,向悠抬头一看,眼前的路似乎有些陌生。

"你要去哪儿?"向悠好奇道。

"待会儿你就知道了。"

向悠挺直背脊,看着窗外的街景变幻。

最终,孟鸥停下了车。

"阳光幼儿园?"牌匾已经斑驳,比起阅读,她更像是通过记忆回想起了这几个字。

"得有二十年没来了。"孟鸥看起来也颇为感慨,"进去看看?"

幼儿园数年前就停办了,这块地几度易手,迟迟没有开工,仍保持着幼儿园的模样。

铁门上的大锁空有形式,旁边的破洞让两个人同时钻过去都绰绰有余,内里杂草丛生,约莫有半人高。有野猫听到动静,如箭般蹿得没了影,顺带着吓起几只鸟儿腾空。

望着这一切,向悠感到有些唏嘘。

墙上还贴着师生共同创作的板报,但也已褪色泛黄。拂去那厚厚的灰尘,玻璃板后的照片尚且明晰,在这之中,向悠认出了好几个教过她的老师。

二十年了,也不知他们此刻都在哪儿呢。

两人一路走到了向日葵班,门上大大的向日葵班徽已经褪成了灰黄色,几乎一碰就碎。

推开木门,在漫长的"吱呀"声中,过往的岁月扑面而来。

许是门窗关得紧实,内里风化得不算严重,一切都尚且鲜活,仿佛随时会迎来一群可爱的老师和孩子,在这里开始他们的启蒙课堂。

"这么多年了,包装居然还没变呢。"孟鸥从角落的塑料筐里拿出一盒被遗忘的牛奶,生产日期已是数年前。

一提起牛奶,向悠就有些气鼓鼓,抬手戳了他一下:"你为什么每次都抢我牛奶?"

孟鸥放下牛奶,笑着看她:"不知道,就是觉得你生气的样子特别好玩。"

"你怎么——这么讨人厌呀!"向悠气得用手拍他。

往常他都会象征性躲一躲,然后乖乖让她打两下泄愤。但今天他突然灵活得很,一闪身躲开了她的手。

向悠一下扑了个空,气不过又伸手去拍他。孟鸥退,她就进,最后他一个转身,两人干脆在教室里玩起了追逐战。

幼稚到一如童年那样。

小时候坐的桌子凳子，现在看起来无比矮小，孟鸥跨栏般一个个越过，向悠举着手，在后面锲而不舍地追。

莫名的，她感觉自己好像越跑越小，过肩的长发变成了齐耳短发，面前的人比她还矮上一些，头发短成了寸头，袒着圆滚滚的后脑勺。

她对着空气抓了两下，隐约能感受到毛寸刺挠手心的感觉。

教室并不大，不知绕了第几个来回，孟鸥忽然停住脚步。

向悠一时刹不住车，闷头撞进了他怀里，背上按来一只手，轻轻揉了她两下。

"你赢了。"孟鸥说。

孟鸥认输可是一件稀奇事，谁知道是不是有诈。向悠抓紧时间先拍了他两下，结果第二下刚落，面前的人被她拍得矮了一截。

她也没使很大的劲儿呀……

向悠茫然地低下头，有一簇光芒晃得她眯了眯眼。

窗外阳光正烈，将这个角落照得格外明亮。

时空线忽然开始失控交错，眼前的人时大时小，耳边仿佛能听到同学的吵闹声，抑或只是窗棂外风过林梢的"沙沙"声响。

不变的是那双眼，深邃的、真挚的、澄澈的。

"我说过，我可是个诚实的人。现在我兑现承诺，把它变成真的了，向悠，你还愿意戴上它吗？"

当年的小人儿长大了，戒指却小到只能锁住无名指，留下彼此的姓名。

几岁的小孩哪有什么选择权，爸爸妈妈说要去哪儿，他就像个行李一般被打包走了。

他在新的地方按部就班地生长着,日渐成熟的心智里,某一窍开得有些特别。

没人会把童年的过家家当真。

孟鸥只是觉得,那个小姑娘特别可爱。他喜欢看她笑,也喜欢看她怒,喜欢她追着自己跑,也喜欢她喊着自己的名字。

可是她的名字叫什么呢?

他始终记得她喊自己名字的声音,奶声奶气的,又清脆得像只小百灵,"鸥"字总是拖着长音,里面写满了对他的愤懑。

可他忘了她的名字。

他不打算去费心寻找,或许有些东西还是停留在记忆里更美好。但他也不打算刻意忘却,就让她占据在心灵的某一角,拦下所有试图闯入的人。

直到那个下午,阳光烈得不像话,就像他灰溜溜被拒绝的那个下午。

他一张张分发着收费单,顺带和人闲聊几句。

闲聊结束,他一低头,忽然一阵目眩。

他看到了一双气鼓鼓的眼,不满地瞪着他。

他有些难以置信地仔细看她,却见她越看越气,嘴巴快噘上天。

那傻乎乎的短发已被留长,扎起了马尾,褪去婴儿肥的脸上满是少女气息。

不会错的。

什么都会变,四目交汇时的感受是不会错的。

他近乎迫不及待地拿过她的语文书,翻开了扉页。

他终于记起她的名字了——

"向悠？"
好久不见。

全文完